Paulina Czienskowski

# TAUBENLEBEN

Blumenbar

# TAUBEN LEBEN

PAULINA
CZIENSKOWSKI

ROMAN

Blumenbar

MIX
Papier aus verantwortungsvollen Quellen
FSC® C083411

ISBN 978-3-351-05063-4

Blumenbar ist eine Marke der Aufbau Verlag GmbH & Co. KG

1. Auflage 2020

Einbandgestaltung zero-media.net, München,
unter Verwendung eines Motivs von Valentin Hansen
Satz: Greiner & Reichel, Köln
Druck und Binden CPI books GmbH, Leck, Germany
Printed in Germany

www.aufbau-verlag.de
www.blumenbar.de

*Für Bobbi*

*Alles ist wie immer –*

Da war er, der Tod, um 7.34 Uhr. Ich war keine 100 Meter gelaufen, als ich in der Mitte der Straße am Ende einer langen blutigen Spur einen Haufen entdeckte, links und rechts davon Spritzer. Wie ein Gemälde von Jackson Pollock sah es aus. Zumindest sagte das meine Mutter später. Damals wusste ich nicht, wer Jackson Pollock war. Und wahrscheinlich auch nicht, was überhaupt ein Gemälde. Meine Mutter benutzte oft Wörter, die ich nicht kannte.

Da stand ich, war neun Jahre alt, und sah etwas, von dem mein Vater mir so oft schon erzählt hatte: »Wenn Tauben sterben wollen, werfen sie sich vor ein fahrendes Auto.« Immer wieder prophezeite er mir dieses Elend in sehr ernstem Tonfall. Und ich lauschte jedes Mal so gebannt, als hörte ich es zum ersten Mal.

Ich kniete mich sofort auf den Boden zwischen die parkenden Autos. In meiner dunkelblauen Jeans und der schwarzen Jacke hätte man mich für eine lauernde Katze halten können. Der Vogel lag zu weit in der Mitte der Straße. Ich hatte keine Chance, überhaupt nachzusehen, ob er vielleicht doch noch lebte, zu dicht war der Verkehr.

Aber gemessen an dem Durchmesser der gefiederten blutigen Masse waren bestimmt schon zwanzig Autos drübergerollt. Kein Zweifel, die Taube war tot. Wie jemand von der Spurensicherung probierte ich, den Tathergang zu analysieren. Mein inneres Auge rekonstruierte die Szenen, zeichnete sie mit Bleistift auf raues Papier, ganz langsam, wie in einem Fiebertraum, der kein Ende nehmen will.

Plötzlich fühlte sich alles schwer an. Beine, Arme, Augenlider. Mein Kopf sank tiefer in Richtung des kühlen Betons unter mir, und ich sah mich selbst von oben. Ein erbärmlicher Anblick. Vielleicht auch rührend, keine Ahnung. Mein Körper erzitterte jedes Mal, wenn das erbarmungslose Knacken brechender Knochen erklang, wie berstendes Geschirr, zermahlen zwischen Gummi und Kopfsteinpflaster unter profilierten Autoreifen. Kurz musste ich mir die Ohren zuhalten, hörte nur noch das eigene Blut im Körper rauschen.

Und dann wurde mir etwas klar, das mich sehr traurig machte: Das Ende dieses Lebens war sekundenschnell gekommen, und niemand hatte es bemerkt. Vielleicht noch nicht mal ihr Todbringer. Keiner würde je erfahren, dass diese eine Taube überhaupt existiert hatte. Weil sich niemand für diesen einen Vogel interessierte. Ich spürte, wie Tränen in mir aufstiegen. Ich war wütend. Und empört. Da begeht jemand Selbstmord, und am Ende interessiert es niemanden.

Ich entschied, den Vogel mit nach Hause zu nehmen und bei uns im Hof zu begraben. Bevor der nächste Regen das Blut wegwaschen und die gemahlenen Knochen zwischen den Pflastersteinen in den nächsten Gully schwemmen würde. Ich holte einen langen Stock. Gerade als ich mich wieder niederkniete, diesmal etwas mutiger, ein kleines Stück weiter vor den parkenden Autos, raste eines genau über den Haufen. Ich schrie dem röhrenden Motorengeräusch hinterher, das nur wenige Sekunden später schon nicht mehr zu hören war.

Aufgelöst rannte ich nach Hause und kam kurz darauf mit meiner Mutter zurück. Auf dem Weg sagte sie immer wieder, jeder werde irgendwann sterben. Da war er wieder, ihr alles zerschmetternder Realismus. Dagegen half nur, mir meine eigene Welt zu erschaffen. So lief ich umher wie eine Romanfigur, die ich Stück für Stück in meinen Gedanken mit Leben füllte. Das war mein Schutzschild. Denn jedes Mal, wenn ich meiner Mutter erzählte, worüber ich mich gerade sorgte, zückte sie verbal einen Dolch und erstach meine Gefühle mit einer nüchternen Bemerkung. Irgendwann behielt ich mein Innerstes einfach für mich, stopfte meine Emotionen in einen Sack und schluckte ihn runter. In den Tiefen meiner Seele kam er zum Erliegen.

Als ich meine Eltern an diesem Abend reden hörte, war ich nicht überrascht. Nicht darüber, dass meine Mutter nicht verstehen konnte, wieso mich der Tod dieses Vogels,

»eine Ratte der Lüfte«, wie sie abfällig sagte, überhaupt so beschäftigte. Und auch nicht, dass mein Vater einmal mehr ohne Widerworte gegenüber ihr blieb, die wie eine Gouvernante achtlos über jede Gefühlsregung bretterte.

In jener Nacht wurde die Taube für mich zu einem Sinnbild kläglich gescheiterter Existenzen. Eine belanglose Gestalt, die in der Masse untergeht, unter Milliarden auf der Welt. Diese Banalität widerte mich an. Ich konnte den Gedanken nicht ertragen und wollte sicherstellen, so sehr aufzufallen, dass ich niemals einfach derart ungesehen gehen könnte.

Von da an lag ich oft wach und stellte mir vor, was wohl passieren würde, wenn mir etwas Ähnliches zustieß wie dem Vogel. Ich hätte so gerne wissen wollen, wer kommen und nach mir sehen würde. Wer um mich weinen, sich hingebungsvoll zu mir niederknien, so wie ich es getan hatte. Ich fragte mich auch, was meine Mutter sagen würde. Wahrscheinlich: Jeder stirbt halt irgendwann. In diesem Moment würde ich dann die Augen öffnen, den Sargdeckel aufstoßen und ihr endlich die Worte ins Gesicht brüllen, die ich ihr so gerne längst gesagt hätte. Dass niemand auf dieser Welt einfach nur *jeder* ist. Ich bin mir sicher: Genau das hatte ihr auch mein Vater sagen wollen, bevor er ging.

Unsanft stößt sie mich an. Ich möge doch bitte zur Blutabnahme ins Nebenzimmer kommen. Die Sprechstundenhilfe steht direkt vor mir, spricht unterkühlt und viel zu laut:

»Kom-men Sie bit-te?!«

Sie starrt mich böse an. Mein Name muss zuvor schon mehrmals durch den Praxislautsprecher geschallt sein. Mit weit aufgerissenen Augen sitze ich da und schwitze. Erst jetzt wird mir wieder klar, wo ich bin.

Es kommt mir vor, als würden mich die anderen Wartenden beim Frauenarzt ähnlich strafend ansehen wie diese Frau in weißen Klamotten, die meinen Namen keift. Selbst die Dame auf dem fake Monet-Poster an der Wand glotzt mich an. Sie alle schauen, als würden sie wissen, dass ich unvernünftig war. Dass ich vor ein paar Monaten ungeschützten Sex mit diesem Künstler hatte, mit Edi, obwohl ich ihn gar nicht richtig kannte. Und dass ich urplötzlich sicher war, mir damit mein eigenes Grab geschaufelt zu haben. Ganz bestimmt sehen sie die Panik, die gerade durch meinen Körper wummert.

Mit hochgezogenen Augenbrauen bittet mich die Sprechstundenhilfe erneut, ihr zu folgen. Der Weg zum Zimmer ist kurz, aber lang genug, um mich zu erinnern, wieso ich hier bin, schweißgebadet, mit Blitzgewittern im Hirn.

*Es ist dunkel. Draußen und in der Bar. Mirabel, Heinrich und ich stehen am Tresen, ein junger Mann in Trenchcoat in der Tür, Platten unter seinem Arm. Sein Gesicht im schweifenden Diskolicht. Seine Augen liegen tief, sein Kiefer so markant, man könnte ihn daran durch den Raum schleifen. Wer ist das, frage ich Heinrich. Edi, Franzose. Heinrich spricht den Namen mit Betonung auf dem i aus. Der Ex-Freund vom Geburtstagskind. Eine halbe Stunde später stelle ich mich direkt neben sein Pult und fokussiere ihn so lange, bis ich ihn habe.*

Ich bin mir sicher, dass genau das mein kosmischer Ausgleich sein wird. Dieser eine Schicksalsschlag, über den Mirabel und ich schon so häufig gesprochen haben. Wir glauben: Jeder muss im Leben irgendeinen Bruch erleiden, damit das Leid der Welt gleichmäßig auf alle verteilt ist. Niemand kann einfach so durchs Leben tänzeln, ohne auch nur ein einziges Mal gehörig gelitten zu haben, während ein anderer den Mund dauerhaft voller Scheiße hat. Es wäre zu ungerecht.

Ungefähr so erkläre ich es der Frauenärztin im Sprechzimmer, als sie fragt, wieso ich mir denn eigentlich so sicher sei. Ich fühle mich fast ein wenig so, als müsste ich mich darauf bewerben, dass mir ihre Sprechstundenhilfe gleich ein paar Milliliter Blut abzapft. »Befreien Sie sich am besten mal aus Ihrer Alarmstellung, die kann sonst noch ganz andere Schicksalsschläge provozieren.« Die Ärztin grinst. Und dann sitze ich in einem klitzekleinen Zimmer mit Einbauschränken auf einem Stuhl, wieder die Sprechstundenhilfe vor mir. »Arm frei machen, auf der Ablage da platzieren!«, befiehlt sie.

*In einem Hinterhof. Morgendlich dämmeriger Schein vertreibt die tiefschwarze Nacht. Hysterisch zwitschernde Vögel. Alles klingt nach Frühling, riecht danach. Ich bin wieder wach. Aber ich hab nicht geschlafen, oder doch? Kann nicht sein, ich stehe ja. Dieser Typ hält mich in seinen Armen, eng umschlungen, unsere Zungen auch. Meine Finger halten sich an seinem Kieferknochen fest. Wir wechseln kein Wort. Um uns herum Fahrräder, Mülltonnen, Fliederbüsche. Es fühlt sich gut an, fast schon vertraut. Aber wieso? Und wie kommen wir hier hin? Blackout. Ich traue mich nicht zu fragen. Selbstschutz. Haltung bewahren.*

Wieder ein Hitzeschub. Ich glaube, ich werde rot, und fasse mir mit der freien Hand an die Ohren. Sie glühen. Ich will hier weg, schließe also lieber wieder die Augen und sitze in Gedanken dann doch wieder neben Edi im Taxi.

*Schlieren. Die Häuser, die vorbeiziehen, Edi, ganz nah neben mir, der Fahrer am Steuer. In meinen Ohren dröhnt klassische Musik. Wir haben nicht drüber gesprochen. Wir haben gar nicht gesprochen. Ein Abkommen im Stillen, zu ihm zu fahren. Jungfräuliches Sonnenlicht schießt immer wieder zwischen Bäumen hervor, blendet mich. Wenn ich die Augen schließe, sehe ich schwarze Punkte. Sie ändern ihre Form im Sekundentakt. Schwindel.*

»Haben Sie gute Venen?« Wieder der Befehlston der Sprechstundenhilfe. »Keine Ahnung«, stammle ich, während sie ein elastisches Band um meinen Arm zurrt. »Geht schon«, sagt sie, nachdem sie mir mit ihrem Zeigefinger auf meine Vene in der Armbeuge geschnipst hat und ich meine Hand zur Faust geballt habe. Meine Angst vor Spritzen behalte ich für mich. Ich kneife die Augen zu und schaue nach dem ziependen Piks doch hin zur Nadel. Das Blut läuft langsam durch die Kanüle über den Schlauch ins Röhrchen. Dunkles Blut. Routiniert und mit groben Bewegungen wechselt sie die Auffangröhrchen. Es fließt langsam. »Heute kaum getrunken, was?« Sie will keine Antwort.

*Fahrstuhl in den elften Stock. Plattenbau. Den größten Teil meines Lebens habe ich in so einem Turm gelebt, ganz oben. Im Spiegel der Fahrstuhlkabine: wir nebeneinander. Wir beobachten unsere Spiegelbilder. Er mich, ich ihn. Noch immer wechseln wir kein Wort. Ekelhaftes Neonlicht von oben. Ich sehe scheußlich aus, er verbraucht. Es steht ihm. Ich mag, wie das Licht Schatten auf sein Gesicht wirft. Starke Konturen auf den Wangen, unter den Furchen um seine Augen.*

Die Sprechstundenhilfe rüttelt unliebsam an meinem Arm, auf dessen Beuge sie gerade ein festes X aus Pflasterstreifen klebt, darunter ein Stück Mull. Ich solle drücken, sagt sie, der Einstich blute. Und dass in drei Tagen das Ergebnis komme. Ich blicke ihr direkt ins Gesicht. Alles darin ist groß. Es wirkt bedrohlich auf mich, sie ist viel zu nah.

*Direkt neben der Tür auf zwei Stühlen seiner Wohnung: fünf Jeans, fünf weiße Pullover, zehn weiße T-Shirts. Penibel gefaltet und gestapelt. Er trage immer das gleiche Outfit, sagt er, über Monate, um keine Zeit zu verlieren. Ich hab gar nicht danach gefragt, nicke trotzdem. Wieder Schweigen. Die Sonne ballert durch die Fenster. Alles knallhell. Ein Gang durch kahle Räume. Glänzendes Laminat, in den Ecken Staub, der in den Lichtstrahlen herumwirbelt. Die Decken niedrig. Hässlich. Meine Kindheit. Blick in Bad und Küche, vom Balkon über die Stadt. Ich atme tief ein und aus.*

Wir laufen nach vorne zum Anmeldetresen. Die Ärztin rufe nur an, wenn was ist, sagt die Sprechstundenhilfe. »Wenn der Umschlag vom Labor dick ist, stimmt etwas nicht.« Sie schaut mich nicht an, redet wieder viel zu laut. Sie ist plump und indiskret, das würde ich ihr gerne sagen. Ich sehe aus dem Augenwinkel, wie ein paar der Wartenden aufhorchen, ihre Köpfe in meine Richtung drehen. Ich lache hysterisch auf, als säße ich auf der Anklagebank mit dem Wissen, einen schwerwiegenden Fehler begangen zu haben, und begreife langsam, dass ich aus der Nummer so einfach nicht mehr rauskommen werde.

*Edi hat kein Bett, keinen Schrank, keinen Esstisch. Nur ein schwarzes Ecksofa, das er mit drei Handgriffen zu einer Art Bett ausklappt. Aus den Küchenschränken holt er weißes Bettzeug, wirft es auf das samtene Sofa. Die Ecken sind abgegriffen. Leise öffne ich die einzig geschlossene Tür. Wieder kahl, nur eine Skulptur in der Mitte des Raums, beklebt mit Federn. Ich erschrecke. Der Windstoß lässt lose Federn fliegen. Ich umrunde die Figur einmal, zweimal, noch einmal, tippe sie an. Sie scheint ganz leicht, schwankt sachte hin und her. »Was machst du da?«, höre ich Edis Stimme aus dem Nichts. Er steht im Türrahmen, unbemerkt. »Komm ins Bett.«*

Ich setze mich auf die Treppenstufen vor der Praxis, nur kurz. Vier Buchstaben sind es, die ich in die Suchleiste meines Handys tippe. A-I-D-S. 407 000 000 Ergebnisse.

Ein Auto rast an mir vorbei, hupt hysterisch. Ich bin versehentlich bei Rot über die Straße gelaufen. Meine Scheinrealität, die ich mir auf dem Heimweg in meinem Kopf zusammenbaue, saugt mich auf. Das Hupen hat mich zurückgeholt. Ich schaue in müde Gesichter, versuche mir vorzustellen, mit welchen Problemen all die Menschen sich gerade herumschlagen. Und wie viel Gemeinsames wir alle wohl miteinander haben. Liebeskummer. Geldsorgen. Hunger. Kater. Streit. Ist es nicht verrückt, dass jeder immerzu über irgendetwas im Leben nachdenkt, irgendetwas fühlt, genau hier und jetzt? Die Körper auf den Straßen funktionieren, irgendwie, die meisten können sich ganz normal fortbewegen und fallen nicht großartig auf. Was aber in ihren Köpfen passiert, an was sie denken, kann man von außen höchstens erahnen. Ich brauche noch Toilettenpapier. Verdammt, ich bin schon wieder erkältet. Diese dreckigen Schulden! Ob Baldrian auch gegen Stress hilft? All das.

Vor dem U-Bahnhof schreibe ich Mirabel, dass ich »es« gemacht habe.

*Sie: endlich*
*Ich: glaubst du jetzt doch dran?!*
*Sie: nein, Quatsch – alles wird gut sein, das sag ich doch schon die ganze Zeit …*
*Ich: hm …*
*Sie: haha, hör mal auf! Wieso solltest du denn bitte Aids haben??? Beruhig dich mal*
*Ich: Gegenfrage: wieso nicht?*
*Sie: jetzt hör auf!*

Mirabel sagte mir einmal, dass ich oft klinge, als würde ich mich nach etwas Endgültigem sehnen. Das stimmt so nicht. Aber es erleichtert mich, dass jeden von uns zu einem Zeitpunkt ein Ende einholen wird. Es verbindet uns allesamt miteinander. Den Gedanken mag ich. Eigentlich war ich deshalb auch immer furchtlos und hatte keine Angst vor dem Tod. Weil er sagt, dass man das, was passiert, nur bedingt in der Hand hat. Der Tod erlaubt einem, sich aus der Verantwortung zu nehmen. Sonst muss man das ja jeden Tag, immerzu, Verantwortung übernehmen, sich entscheiden. Wie viel Kaffeepulver oder welche Kassenschlange. Diese Selbstbestimmtheit ist anstrengend.

Mirabel sagt auch, ich sei ein Hypochonder aus Langeweile. Vielleicht hat sie recht. Zumindest bin ich Dramatikerin und übertreibe gerne. Aber vielleicht ist es diesmal wirklich anders. Was, wenn der Brief auffällig dick ist und der Anruf in vier Tagen kommt – was dann? Ich denke an die Taube, aber davon erzähle ich ihr besser nichts. Eigentlich sagen wir uns immer alles. Ich ihr manches etwas verspätet. Das enttäuscht sie jedes Mal. Manchmal aber muss das sein. Sie hat etwas an sich, das mich an meine Mutter erinnert. Dann, wenn sie mich bevormundet, mir erklären will, wie ich mich zu fühlen habe. Für sie beide ist alles immer logisch. Für alles haben sie eine Erklärung, die so simpel klingt, dass auch ich mich in meinem Drama nicht mehr ernst nehmen kann. Als hätten meine Gefühle keine Berechtigung. Manchmal verdreht Mirabel sogar die Augen, wenn ich etwas über mich erzähle, winkt ab, mimt die Unbeeindruckte. Ab und zu meide ich sie deshalb.

Ich laufe und laufe. Nur nicht anhalten. Die stete Bewegung vertreibt meine Grübelei. Ich nehme die Treppen hinunter zur U-Bahn. Ein Windstoß auf halbem Weg. Gerade fährt die Bahn ein. Es riecht staubig, trocken, nach kühlem Beton, der noch nie von Sonnenstrahlen erwärmt und von Regengüssen nass wurde. Dieser ganz eigene Geruch hier unter der Erde wird mich lebenslang ans Leben erinnern.

Es ist laut im Abteil. Die versprengten Tonfetzen, die auf mich einprasseln, wühlen mich normalerweise auf. Gerade aber dominiert das monotone Rattern der Räder, die sich über die Schienen schieben, und das untertourige Gemurmel aus allen Richtungen beruhigt mich. Es ist, als würde ich mich in einem luftdichten Kokon befinden. Oft fühle ich mich unglaublich weit weg von jedem und allem um mich herum. Jetzt ist das anders, ich *muss* mich mental verbinden, um von meinen Gedanken nicht irre zu werden. Auch wenn ich nichts über mein gähnendes Gegenüber weiß, nicht, ob der große Hund von dem Mann da drüben immer so ungeniert den Boden ablecken darf oder das Herrchen gerade nur unaufmerksam ist. Ich verbinde mich mit jedem Menschen im Waggon, versuche meine Isolation zu durchbrechen. Diese Nähe, die nur aus flüchtigen Blicken und sich aneinanderreibenden Kleidungsstücken besteht, gibt mir das Gefühl, nicht einsam zu sein. Es ist so, wie wenn ich mich vom Leben entkoppelt fühle und Radio höre oder mir eine Sendung im Fernsehen anschaue. Ich höre gar nicht richtig hin, schaue mir keins der Gesichter in der unästhetischen Bilderflut wirklich an. Mir reicht das Wissen, dass zeitgleich mit mir tausend andere es auch tun. Sich sinnbefreite, sexistische, menschenverachtende Formate anschauen, in denen sich muskulöse Männer und überschminkte Frauen ineinander verlieben müssen. Eine irreale Verbundenheit, in der ich alleine bin, aber nicht einsam.

In die Details, die mich umgeben, mischt sich der penetrante Geruch einer überreifen Banane. Ich entdecke eine junge Frau, die gerade ins tiefgelbe Fruchtfleisch beißt. Erst neulich habe ich Mirabel gesagt, wie unangenehm ich es finde, Bananen in der Öffentlichkeit zu essen. Mir ist das zu intim. Sie musste lachen, fragte mich, seit wann ich so verklemmt sei. Bin ich nicht, nur ist mir das Schälen, der Akt an sich, zu assoziativ. Gedankenverloren schaue ich die Frau, die schräg gegenüber von mir sitzt, an. Sie fühlt sich beobachtet, dreht sich geniert zur Seite, bricht die Stücke der Banane mit der Hand ab und führt sie erst dann zum Mund. Es ist ungewöhnlich, dass ich einzig durch Blicke einen Unbekannten auf etwas aufmerksam machen kann. Zu verschieden sind Fremd- und Selbstwahrnehmung. Die Frau neulich im Bus neben mir zum Beispiel, die sich alle zehn Sekunden räusperte. Von derlei körperlichen Automatismen fühle ich mich schnell provoziert. Sie bemerkte nichts von meinen auffordernden Blicken. Ich weiß, dass ich mich da viel zu wichtig nehme. Als würde mich irgendwer bewusst provozieren wollen. Aber mich stört gerade das Unbewusste, das diese Menschen ausstrahlen, wenn sie die Welt um sich herum unbeirrt an ihren Ticks teilhaben lassen. Ich finde, man sollte alles, was man tut, als Erstes selbst wahrnehmen. Sonst ist man am Ende Sklave seiner selbst.

Ich muss umsteigen. Wieder raus aus dem Kokon, auf den Bahnsteig, Treppen runter, einen anderen Aufgang wieder hinauf. Eine verwirrt aussehende Frau hievt gerade einen Kinderwagen die Treppen zum Gleis nach oben. Als ich helfen will, wehrt sie ab, so als wäre mein Angebot übergriffig, mit ihr die Last zu teilen. Im Waggon stehe ich neben ihr und beobachte sie unauffällig. Die ganze Fahrt über hält sie ihren Kopf gebannt nach unten gebeugt, in

Richtung Kinderwagen. Sie meidet jeden Blickkontakt, murmelt etwas vor sich hin, das man beim Quietschen der Schienen nicht verstehen kann. Irgendwann bemerke ich, dass in dem Wagen gar niemand liegt. Nur kiloweise löchrige Einkaufstüten, über die sie linkisch eine Jacke gespannt hat. Ich stelle mir vor, wie sie vor Jahren ihr Baby verloren hat und seitdem, gefangen in ihrer Trauer, mit diesem Wagen umherfährt. Wie sie tut, als sei alles noch genau so, wie es mal war und doch nie wieder sein wird. Man muss nur fest genug an etwas glauben, bis man es irgendwann für real hält.

Meine Mutter hatte mir oft gesagt, dass Gedanken die Realität formen. Sie meint das im Positiven. Also: Sage dir die schönen Dinge, die dein Leben beschreiben, dann wirst du vor allem sie sehen. Dabei passt das gar nicht zu ihr. Um meiner Mutter diese Theorie wirklich abnehmen zu können, hätte ich sie wohl öfter glücklich sehen müssen. Ich jedenfalls beherrsche diesen Trick durchaus, allerdings umgekehrt. Ich sage mir die hässlichen Dinge, die mein Leben beschreiben, und grüble über all das, was schlecht ist. Ein Pfeil schießt mir durch den Kopf. Genau in diesem Moment schaut die Frau mit Kinderwagen auf. Ich blicke in ein erschöpftes Gesicht, eine zerfurchte Mondlandschaft. Leblos. Sie steigt aus. Ich muss noch ein paar Stationen fahren und setze mich. Mein Körper zittert. Ich schüttle den Kopf, damit meine Gedanken verschwinden.

Bei der nächsten Station steigt ein Junge ein. Er ist vielleicht elf, aber schon groß und ziemlich breit. Über seiner Oberlippe ein dunkler Flaum. Er setzt sich mir direkt gegenüber, starrt mich an, noch bevor er sitzt. Ich halte seinem bohrenden Blick stand. Man sagt, man könne einander drei Komma drei Sekunden anschauen, bevor es für beide Seiten unangenehm wird. Davon scheint er nie gehört zu haben, glotzt unbeirrt weiter. Ich blicke zum Boden. Habe ich vielleicht irgendwo was hängen? Ich fasse mir ins Haar, streiche mir über meine Wangen, ein Griff zur Nase. Er fasst sich auch ins Haar, streicht sich über die Wangen, greift sich an die Nase. Das sehe ich aus den Augenwinkeln. Nun putze ich sie mir. Auch er tut es. Ich schlage die Beine übereinander. Dann er. Ich werde nervös. Auch als ich ihn direkt anschaue, meine Augen dabei demonstrativ verdrehe und meinen Blick abwende, hört er nicht auf. Er spielt mit mir. Dieser Junge da, der nicht mal halb so alt ist wie ich, nichts zu verlieren hat, weil er glaubt, sein ganzes Scheißleben liegt noch vor ihm, schaut mich einfach weiter an und verdreht jetzt genau wie ich demonstrativ die Augen. Lass mich in Ruhe, du distanzloses Monster, schreit es in mir. Und dann will ich ihn tatsächlich anbrüllen. Ich wüte innerlich. Der Zug fährt in die nächste Station ein. Die Türen springen auf. Raus hier, bevor ich komplett die Fassung verliere. Auf dem Bahnsteig bleibe ich für einen Moment wie angewurzelt stehen. Ich wage es nicht, mich noch mal umzudrehen, spüre noch immer seine Blicke auf meinem Rücken, durch die Scheiben hindurch, wie sie seelenruhig an mir schaben. Endlich verschwindet die Bahn im dunklen Tunnel. Jetzt erst bemerke ich, dass ich vier Stationen zu früh ausgestiegen bin. Ich steige die Treppen hinauf ans Tageslicht, laufe den Rest zu Fuß.

Sie ist vom Stuhl gerutscht«, schreit Heinrich und lacht. »Halt die Klappe«, sage ich harsch. Die Dielen in meiner Wohnung quietschen so laut, dass ich Sorge habe, jemand könnte wegen Ruhestörung die Polizei rufen. Es ist sechs Uhr morgens, wir kommen gerade zu mir nach Hause. Der Test liegt keine vierundzwanzig Stunden zurück. Wir haben uns abgeschossen, acht Stunden lang, sechs Wodkashots waren es sicher. Heinrich kann das, mich dazu animieren, den Geist abzuschalten.

»Ich glaube, sie bekommt einfach zu wenig Liebe von dir«, macht er weiter in exakt derselben Lautstärke. »Sie will auf sich aufmerksam machen, deshalb tut sie sich weh, damit du dich endlich wieder um sie sorgen musst. So wie bei uns damals ...«

»Oh man, du bist so dicht, sei jetzt mal leise, bitte«, sage ich, muss aber unfreiwillig grinsen über Heinrichs Theatralik. Seine hysterische Albernheit steckt an. Dass Heinrich und ich mal ein Paar waren, liegt nun schon die Hälfte unseres gesamten Lebens zurück. Es ist interessant, zu sehen, wie sich die Dinge verschieben. Dass wir noch halbe Kinder waren, hielt uns damals nicht davon ab, einander mit vollem Ernst zu begegnen. So wie heute, nur eben anders. Da ist sogar noch Liebe, aber rein freundschaftliche. Und erwachsenere. Manchmal, wenn ich nicht allein sein will, nehme ich ihn mit zu mir. Wenn ich Angst habe, am nächsten Tag in eines der schwarzen Löcher des Lebens zu stürzen. Am liebsten will ich dann für immer schlafen. Das Problem ist nur, dass mich mein Kopf nicht schlafen lässt. Und für immer sowieso nicht. Heinrich versetzt mich dann zurück in eine Zeit, in der die Probleme noch so jung waren, dass ich mich wieder rein und unschuldig fühlen kann, während ich eigentlich paranoid und leer bin. Alles aufgeweicht, außer Form, Geist und Körper. Diffuse Gefühle, riesengroß. Endorphine Mangelware. Und dann glaube ich, Fehler gemacht zu haben – viele Fehler. Ich weiß nie, welche. Zumindest aber habe ich irgendetwas außerordentlich Wichtiges vergessen, denke ich. Etwas, das mein bisheriges Leben hätte ganz anders aussehen lassen können. Noch kein einziges Mal kam ich dahinter, was es sein könnte.

Ich setze Spenda wieder zurück auf ihren Stuhl in der Küche und erwische mich dabei, wie ich ihren Arm streichle. Dort sitzt sie schon seit Jahren. Sie, das ist eine Gummipuppe. Heinrich hat sie mir zum Valentinstag geschenkt, nachdem er sie auf einem Rummel geschossen hatte. Ich war grundlos unglücklich damals, und sein Humor konnte mich nicht überzeugen. Ich mochte nicht, dass er meine Laune nicht ernst nehmen wollte. Zur Strafe lehnte ich das Geschenk ab und war beleidigt. Und dann war er beleidigt, als ich sagte, ich würde dieses Ding so hässlich finden, dass ich es später zu Hause vernichten würde. Zunächst verstaute ich die Puppe im Keller. Irgendwann bekam ich Mitleid mit diesem Stück Plastik, nahm es mit nach oben ans Tageslicht und gab dieser Puppe einen Namen. Nicht etwa einen schönen, sondern einen, der ein klein wenig nach Strafe klingen sollte. Ich taufte sie Spenda, vom Englischen *to spend*, ausgeben. Allzeit bereit, dienend.

Heinrich nimmt die zwei Zigaretten, die in Spendas Mund stecken, gibt mir die eine und zündet sich die andere an. Ich parke immer welche in ihrem Mund, bevor ich die Wohnung verlasse. Ein gutes Bündel passt perfekt in die laszive Öffnung ihrer geschürzten Lippen. Auf dem Heimweg freue ich mich jedes Mal auf eine letzte Zigarette vor dem Schlafen, die in ihrem Mund auf mich wartet. Vorher trinke ich noch die doppelte Anzahl an Schlücken Wasser der Stunden, die ich unterwegs war. Heute also sechzehn. Ich glaube, dass es mir am nächsten Morgen mit diesem Ritual deutlich besser geht als ohne.

»Alles okay?«, fragt Heinrich in die Stille hinein. Ich beobachte die wolkigen Rauchschwaden, die wie Motten vom Lichtkegel der Küchenlampe über dem kleinen Holztisch angezogen werden. Bevor ich antworten kann, erzählt er mir, dass er morgen zeitig wegmüsse. »Bin wahrscheinlich nicht mehr da, wenn du wach wirst.« Ich bin zu betrunken, um nachzufragen, was so wichtig ist. Er antwortet trotzdem: »Ich habe eine wichtige Verabredung, mit einem wichtigen Menschen.« Mir ist das egal. Wenn die Person wirklich so wichtig wäre, hätte er längst von ihr erzählt. Heinrich konnte noch nie etwas für sich behalten. Nichts, was ihn betrifft, und auch nichts, was andere betrifft. Mit meinen Fingernägeln pule ich die braune Paste aus den Holzwurmlöchern, die ich erst neulich mit einem Zahnstocher penibel und hoch konzentriert in die winzigen Unebenheiten der Tischplatte gespachtelt habe. Ich drücke meine Zigarette im Aschenbecher aus. Heinrich monologisiert noch immer.

Ich denke an Edi, dem ich vorhin begegnet bin. Das erste Mal seit unserer gemeinsamen Nacht. Da stand dieses Mensch gewordene Memo vor mir, der Grund, wieso ich beim Arzt war. Mir wurde übel, und ich war zittrig auf den Beinen. Er trug wieder seine Uniform. Am liebsten hätte ich ihm gar nicht Hallo gesagt. Ich hatte die Distanz gut wahren können bis dahin. Einmal gesehen und dann nie wieder. Vollkommen okay. Sonst war das nie ein Problem gewesen für mich. Aber diesmal war es eben anders. Schließlich sagten wir uns doch Hallo. Es ging nicht anders. Eine kurze Umarmung, so, als hätten wir nie zusammen auf seiner schmalen Schlafcouch gelegen. Als hätte ich nie vor ihm in der kalten Wanne gehockt und mir nach dem Sex den Schritt gespült. Nach dem Hallo kam nichts mehr von ihm, nicht mal eine Floskel. Und ich dachte nur: Vielleicht werden wir für immer miteinander verbunden bleiben, du Schwein. Es dauerte keine drei Sekunden, bis ein Typ, den ich nie zuvor gesehen hatte, ihm auf die Schulter schlug und laut zu ihm sagte: »Na, du kleine Schlampe!« Sie lachten laut, und Edi drehte sich weg. Heinrich hatte mich sofort am Arm gepackt und zwei doppelte Wodkashots bestellt. Wir müssten feiern, dass ich kein Aids hätte, krakeelte er übermütig über den Tresen zu der Barfrau, die uns irritiert anstarrte und dann wie ein Roboter zwei Gläser bis zum Anschlag füllte.

Heinrich schweigt mittlerweile. Als ich es bemerke, schaue ich zu ihm auf und beobachte ihn, wie er mit geschlossenen Augen auf einzelne Stellen an seinem Körper drückt. Am Schlüsselbein, halb unter der Achsel, an der Schläfe. Sein Zeichen der totalen Erschöpfung. »Komm, wir gehen schlafen«, sage ich. Er öffnet seine müden Augen zu schmalen Schlitzen, die mich mild anschauen. Ich lächle ihn an. Dann hebt er seinen riesigen Körper vom Stuhl und wankt durch die Küche zur Tür, durch den langen, schmalen Flur, biegt links ins hinterste Zimmer ab und fällt dort direkt ins Bett. »Du Riese, zieh dir wenigstens die Klamotten aus«, sage ich zu ihm, liebevoll, als auch ich im Schlafzimmer ankomme. Er ignoriert mich, atmet schwer. Ich lasse meine Finger über seine Füße tanzen, bis er aufspringt und sich die Klamotten wie ein pubertierender Dreizehnjähriger vom Leib reißt und wieder zurück in die Kissen fällt. Wir kuscheln uns aneinander, genau wie früher.

In den kommenden fünfeinhalb Stunden schwitze ich wie im Delirium drei Oberteile durch und bin froh, als endlich Zeit ist aufzustehen. Mein Kopf ist vollgestopft und Heinrich tatsächlich verschwunden. Vom Bett fällt mein Blick auf den Kaktus am Fenster. Im Gegensatz zu anderen Pflanzen lässt er seinen Kopf nie hängen. Auf ihn ist Verlass. Seine Stacheln sehen brutal aus im gleißenden Licht der Sonne. Ich erhebe mich, laufe zu ihm und drücke sanft meinen Finger auf eine der Spitzen, bis sie wie eine Nadel meine oberste Hautschicht durchsticht. Aus dem Löchlein quillt etwas Blut. Es tut nicht weh. Mein Freund hat mir den Kaktus geschenkt, als es zwischen uns vorübergehend kompliziert war. Wir waren uns beide nicht sicher, ob wir wollen, was wir miteinander haben. Der Kaktus sollte ein Symbol sein, so stand es damals auf dem kleinen Kärtchen, das aufgespießt in den Stacheln hing. Diese unkaputtbare Pflanze sollte mir sagen, wie ernst er es meint. Der Kaktus lebt noch immer, und auch zwischen uns wurde es nach einigen Tagen Funkstille wieder besser.

Ich verreibe das bisschen Blut zwischen Daumen und Zeigefinger. Manchmal muss man Abstand nehmen, um sich wieder füreinander zu entscheiden. Eigentlich ist das komisch, dass auch wer keine Spielchen spielen will, am Ende doch irgendwie Spielchen spielt. Dieses Austesten von Grenzen, ein künstliches Entzerren in der Hoffnung, einander doch wieder schätzen zu können. Und da ist noch was, das sich wie ein Spielchen anfühlt: Nach jeder guten Zeit marschiert irgendwann wieder eine schlechte ein. So als würde ich es innerlich heraufbeschwören, gierig nach neuen Impulsen, um Routine aufzurütteln. Wobei ich Routine eigentlich mag. Nur Stabilität gruselt mich. Da ist ein ständiges Ringen in mir zwischen dem austarierten Alltag und einem Leben, wo alles aus Extremen bestehen muss. Das eigene Muster zu verlassen fällt mir schwer. Zu tief verankert, zu oft gelebt. So wie seine Vorgänger sagte auch mein Freund mir einmal, dass ich doch wenigstens so tun solle, als würde ich ihn lieben. Eine unfassbar niederschmetternde Bitte.

Jetzt gerade kann ich es, denke ich, Liebe geben. Ein Schwall überkommt mich. Ich muss ihn sehen, am besten jetzt gleich, bevor es wieder vorbei ist. Und er muss mitmachen. Ich will ihm nichts von dem Test sagen, auch nichts von meiner Angst. Er denkt ähnlich über mich wie Mirabel. Vielleicht sogar noch ein bisschen krasser: Er findet, ich sei kein Hypochonder aus Langeweile, sondern aus Luxus.

Bevor ich ihn anrufe, lege ich mich noch mal hin. Im Bett schließe ich die Augen und versuche mich zu erinnern, was all die skurrilen Fetzen, mit denen ich aufgewacht bin, bedeuten könnten. Ich habe Phasen, in denen ich aufwache, weil ich so real träume, dass ich manchmal nicht mehr genau weiß, ob die Dinge darin vielleicht wirklich passiert sind. Nach dem Erwachen kann ich das alles trotzdem nie so richtig in Worte packen. Es ist, als könnte ich die Laute dafür nicht formen. Dann schreibe ich sie auf. Dafür habe ich mir schon viele Bücher mit leeren Seiten gekauft. Die meisten davon sind unbeschrieben geblieben. Heute bin ich nicht so faul wie sonst und beginne zu schreiben, was mir im Kopf geblieben ist:

*Ich habe einen Auftritt als Tänzerin einer Gruppe bei einer Aufführung mit großen Bewegungen. Auf der Bühne stehen Quader aus Holz, mit schwarzem Stoff bezogen. Bei der Schlusspose sacken wir alle leblos in uns zusammen wie sterbende Schwäne. Ich bin die Einzige aus der Gruppe, die in Richtung Vorhang blickt, wo ich plötzlich einen fremden Mann sehe, der mit einer Waffe dasteht. Ich weiß nun, dass er uns alle erschießen wird, wie Tiere auf der Weide, die im Anschluss zum Metzger transportiert werden. Ich will schreien, aber ich kann nicht, sehe nur, wie er auf einen nach dem anderen zielt und ihn abknallt. Vor der Bühne klatscht das Publikum so laut, dass man nichts von alldem hört. Meine Lähmung lässt mich verzweifeln. Kurz bevor er auf mich schießt, wache ich auf.*

Ich lasse die Seiten durch meinen Daumen flippen. Auf der ersten Seite des Notizheftes steht: »Gedanken einer Wahnsinnigen«. Ja, denke ich, das klingt tatsächlich wahnsinnig, als ich die paar wenigen Textschnipsel der vergangenen Jahre überfliege. Manche Buchstaben sehen aus, als hätte ich versucht, betrunken eine Tonleiter zu notieren. Den allermeisten ist es unmöglich, meine Schrift zu entziffern. Nur Mirabel konnte meine Sauklaue schon immer gut lesen. Das kam ihr gelegen, da sie unsagbar schlecht in Rechtschreibung war. Bis heute ist sie darin nicht besonders gut. Es gibt Tage, an denen sie sogar Artikel verwechselt. Der Haus oder die Hund. Dann hängt sie an alles ein »chen«, so dass sie unbeirrt ein »das« davorsetzen kann. Das Häuschen, das Hündchen. In der Schule ging das natürlich nicht. Also taten wir stets alles Menschenmögliche, um bei Klassenarbeiten nebeneinanderzusitzen. Da noch nicht mal meine Lehrer lesen konnten, was ich schrieb, hatten sie nie den Verdacht, dass Mirabel abschreiben könnte.

Gedanken einer Wahnsinnigen. Ich lese die drei Wörter noch mal. Ich mag sie. Und wenn ich darüber nachdenke, bin ich lieber wahnsinnig als durchschnittlich. Blöd nur, wenn das bedeutet, wegen einer Leichtsinnigkeit unterzugehen. Früher sagte mir meine Mutter oft, ich sei tatsächlich besonders. Nicht, weil ich so einzigartig wäre für sie. Sie fand mich bloß besonders merkwürdig. Als Kind nimmt man die Dinge, wie sie sind, doch ich fragte mich lange, ob sie mich überhaupt lieb hat. Sie war selten zärtlich zu mir. Nur manchmal saß sie abends auf meiner Bettkante und redete noch ein paar Minuten mit mir. Ich kann mich gut daran erinnern. Vor allem an ihre vollen Lippen, um welche über die Jahre hinweg Fältchen entstanden waren, weil sie sie ständig geschürzt um einen Zigarettenfilter legte. Sie sahen schön aus im müden Licht meiner Nachttischlampe. Dass meine Mutter wirklich einmal emotional geworden wäre, erinnere ich kaum. Für sie durfte es keine Probleme im Leben geben und wenn, dann war für sie der Weg nicht etwa, sich darin zu suhlen, sondern sie so schnell wie möglich zu eliminieren. Am besten durch bloße Ignoranz. Reden, das lag ihr nie.

Je weniger Liebe sie mir gab, umso mehr glaubte ich, sie zu brauchen. Doch weiter als bis auf ihren Schoß kam ich nicht. Und nach wenigen Minuten schon bat sie mich, wieder von ihr runterzukrabbeln, um dann völlig unnötig Dinge umherzuräumen. Einmal nahm sie mich mit beiden Händen und stellte mich ab wie ein lästiges Tier. Sie wieherte hysterisch: »Ich muss hier weg!« Das wollte sie wirklich, so mein Eindruck. Alleine sein. Ohne uns sein. Alleine atmen, nichts teilen müssen. Nicht ihre Aufmerksamkeit, nicht die Zeit.

Und so flüchtete sie in ihre Kreuzworträtsel. Ihr hehres Ziel war es stets, zumindest den Trostpreis zu gewinnen. Eigentlich jedoch, und das sagte sie, als mein Vater, sie und ich beim Abendbrot am runden Tisch in der kleinen Essnische zusammensaßen, wollte sie eine Kreuzfahrt nach Andalusien gewinnen, in die Karibik fliegen oder nach Polen mit dem Bus. Irgendwohin halt. Ihr Drang, uns zu entkommen, äußerte sich ganz konkret immer dann, wenn sie lachend sagte: »Irgendwann schaffe ich es, ihr werdet schon sehen!« Ihr Lachen gruselte mich. Es war kein amüsiertes Lachen, ich hörte schon damals die Ernsthaftigkeit darin und ihr fragwürdiges Verlangen, uns damit drohen zu wollen. Wenn sie rätselte, durfte sie niemand stören. Während sie mit einem Bleistift die horizontal und vertikal angeordneten Reihen voller Kästchen ausfüllte, war es verboten, ihr dabei über die Schulter zu schauen, sie auch nur irgendwie abzulenken. Der Stift, auf dessen Ende sie herumkaute wie ein kleines Mädchen, war für meinen Vater und mich das unmissverständliche Signal, still zu sein. Sie gewann nicht selten etwas, obwohl sich die Anzahl der Prämien gemessen an ihren eingeschickten Lösungswörtern insgesamt stark relativierte. Einmal gewann sie, auf der letzten Seite einer Programmzeitschrift jemanden grüßen zu dürfen. Meine Mutter hinterließ nur vier Wörter: »Gruß an die Familie!«

Und dann kam der Tag, an dem sie ihre Reise gewann. Ich erinnere mich noch genau an den Moment, als es hieß: zwei Wochen Brockton! Keiner wusste, wovon sie sprach. »Irgendeine Arbeiterstadt in Amerika?«, sagte sie nur, als mein Vater fragte, wohin es denn eigentlich gehen würde. Massachusetts oder so. Sie konnte kaum den Staat richtig aussprechen. Englisch sprach sie ohnehin nur stockend. Die Angst davor, sie an diesen mir unbekannten Ort zu verlieren, sie womöglich nie wiederzusehen, quälte mich, ließ mich innerlich erstarren. Tagelang hing ich ihr am Bein, ließ sie keinen Schritt alleine gehen. Ein klein bisschen Hoffnung schwelte bis zum Schluss in mir, sie durch meine störrische Präsenz doch noch zum Bleiben überreden zu können. Jeden Tag aber packte sie ein weiteres Teil in ihren Koffer, der irgendwann so voll war, dass sie mich am Ende darum bitten musste, mich draufzusetzen, um ihn zuzumachen. Als der Tag ihrer

Abreise kam und die Tür ins Schloss fiel, weinte ich so lange, bis ich erschöpft auf dem Sofa einschlief. Mein Vater trug mich nicht in mein Zimmer. Ich wachte in den Klamotten vom Vortag im Wohnzimmer auf, mit einer Wolldecke über mir, die auf meinen nackten Körperstellen kratzte.

Während der vierzehn Tage, in denen meine Mutter verreist war, musste mein Vater sich freinehmen. Das schien ihm ziemlich gut zu gefallen. Leichtfüßig tänzelte er durch die Wohnung, saß nicht mehr nur in seinem Sessel, in dem er immer saß, sondern probierte sich durch jedes unserer Sitzmöbel. Ich hatte sogar den Eindruck, ihn öfter lächeln zu sehen. Erst da fiel mir auf, was für krumpelig schiefe Zähne er hatte, die völlig orientierungslos zu sein schienen. Ohne meine mal keifende, mal schweigende Mutter ging es zu Hause ruhiger zu. Und doch fehlte sie, die treibende Kraft. Ich ging nicht früh ins Bett wie sonst und kam deshalb auch nur schwer raus am Morgen. Im Unterricht war ich trotzdem pünktlich, allerdings nur, weil mein Vater mich den knappen Kilometer mit dem Auto fuhr. Ich aß nicht regelmäßig und schon gar nicht zu den von meiner Mutter etablierten Zeiten. Mein Vater schmierte mir auch keine Pausenbrote, sondern steckte mir Geld für den Kiosk in die Hosentasche. Ich sparte das Geld. Am Ende der zwei Wochen hatte ich über 30 Euro zusammen und sicher zwei Kilo weniger an meinem ohnehin schon zierlichen Körper.

Wirklich merkwürdig war, dass mein Vater urplötzlich begann, Klavier zu spielen. Er sah dabei extrem komisch aus. Weil sein Bauch weit nach vorne ragte, musste er mit dem Hocker vom Klavier abrücken. Seine Arme, im Verhältnis eher kurz, streckte er ungelenk von sich, um mit seinen Fingern überhaupt an die Tasten zu kommen. Dabei reckte er seinen Hals wie eine alte Gans, um zu sehen, ob er die richtigen Töne treffen würde. Er war hoch konzentriert, starrte auf das Notenblatt und spielte immer wieder dieselben zehn bis fünfzehn Töne. Die Melodie, die man erahnen konnte, klang todtraurig. Niemand von uns war wirklich musikalisch oder beherrschte ein Instrument. Wir besaßen nur deshalb das Klavier, weil meine Oma keinen Platz mehr dafür in ihrer Wohnung gehabt hatte. Nun verteufelte ich es, denn er übertrieb. Das tat er mit vielen Dingen, wenn er sich für etwas begeistert hatte. Stundenlang saß er so da, seinen Rücken in den Raum gewandt, das Gesicht zur Wand. Manchmal war mir so langweilig, dass ich mich melodramatisch auf seinen Schoß warf. Oder ich rutschte über die Klaviatur, bis er mich bat, wegzugehen, ein Bild zu malen oder so. Seine sture Konzentration auf die jämmerliche Tonfolge war schlimmer als die meiner Mutter beim Rätseln.

Mit meiner Wut kam der Hammer. Er lag auf der Kommode im Flur. Mein Vater hatte ihn dort liegen lassen, nachdem er den Spiegel, der darüber hing, begradigt hatte. Der Spiegel hing schon eine halbe Ewigkeit schief. Niemandem außer meiner Mutter fiel das auf. Sie erwähnte es dafür fast täglich. Manchmal hörte man sie desillusioniert seufzen, wenn sie daran vorbeilief. Jedenfalls hatte sie meinen Vater damit beauftragt, ihn endlich zu richten. Mit diesem Hammer also schlug ich auf die Tasten ein, um meinen Vater endlich zu stoppen. Er erschrak fast zu Tode, und auch ich war von meinem überbordenden Aggressionspotenzial überrascht, weshalb ich schon, bevor mein Vater überhaupt anfing mich cholerisch anzubrüllen, flehentlich zu weinen begann. Ich wusste in dem Moment nicht mehr, wer nun eigentlich Schuld hatte. Alles ertrank in seinem Gebrüll und meinen Tränen. Mein Vater setzte sich danach nie wieder ans Klavier. Auch weil die Reparatur uns ein halbes Vermögen gekostet hätte.

Wie es gewesen sei, fragte mein Vater meine Mutter behutsam, als sie zurück war. Wie es ihr ergangen sei, so ganz alleine an einem uns allen fremden Ort. Wie es dort gerochen, was sie gesehen, mit wem sie geredet hatte. Die Neugier fraß uns auf. Meine Mutter erwürgte sie mit einer einzigen knappen Antwort: »Gut.«

Ich erinnere mich nur an eine Zeit, in der meine Mutter Gefühle zeigte. Das war, als wir in eine Stadt in der Stadt zogen, ein Neubaugebiet, isoliert vom Rest der Welt, das man theoretisch nicht verlassen musste, um zu überleben. Es war alles da, was man brauchte: Supermarkt, Schule, Kiosk, Sportstudio, Spielplatz, Apotheke. So der Plan der Bauherren, der allerdings erst Jahre nach unserem

Einzug vollendet wurde. Ein kompletter Kiez, bloß nicht organisch gewachsen, ohne Seele konstruiert und hingeknallt. Als ich vier Jahre alt war, zogen wir dorthin, in den 30. Stock eines Hochhauses, in dem meine Mutter bis heute lebt.

Unser Wohnblock, das malte mir mein Vater an einem Nachmittag auf, sah von oben aus wie ein Dreieck. Drei Wohngebäude, die sich jeweils an ihren Ecken trafen und mit durchgehenden Fluren auf jeder Etage miteinander verbunden waren. Im Innenhof stand eine meterhohe Skulptur, die durch Stahlseile gehalten wurde. Das Metall reflektierte den Lichteinfall, den es nur selten gab, außer die Sonne stand senkrecht über dem Hof. Wir hatten keine Ahnung, was diese dicken Würste darstellen sollten, die sich verschlungen umeinanderwanden und sich doch an keiner Stelle berührten. Meine Mutter sagte immer nur, das sei Kunst. Und dazu gehörten offenbar auch die Netze, die zwischen den Etagen gespannt waren.

In dem Wohngebiet standen ausschließlich solche Wohntürme. Hoch, grau, überall Beton. Damals war alles neu gebaut, modern, fast klinisch, nach dem Vorbild der Architektur der 1960er Jahre. Jede Wohnung sah gleich aus: Einbauküche, Durchreiche ins Esszimmer, Wandschränke. Es sollte kurze Wege innerhalb der Wohnung geben. Platzsparend und nach dem Nutzen des praktisch denkenden Menschen errichtet. Meine Mutter, Pragmatikerin durch und durch, war begeistert. Ich fand, wir zogen in einen Schuhkarton. Da alles hinter einer Schrankwand verschwinden konnte – Bücher, Klamotten, Geschirr, Bügelbretter, Betten –, hatte man erstaunlich viel Platz. Dafür war aber auch alles darin kahl und leblos. Vorher wohnten wir in einer Altbauwohnung, wo die hohen Decken, der Stuck, das Parkett und die Flügeltüren mit verschnörkelten Klinken kleine Kunstwerke waren. Offene Bücherwände, hochgewachsen, schon vom Schauen wurde man wach. Abends im Bett rochen meine warmen Hände damals nach dem Messing der Türgriffe, obwohl ich meine Hände vor dem Schlafengehen kräftig waschen musste. Die Mischung aus Metall und Seife roch für mich nach Zuhause – und dieses Zuhause vermisste ich.

In unserer neuen Küche konnte sich immer nur eine Person aufhalten, sonst stand man einander im Weg, was meistens zu Streit führte. Es war vor allem meine Mutter, die dann schimpfte und mich ins Wohnzimmer nebenan zum Tischdecken verbannte. Mein Vater hielt sich sowieso nur selten in der Küche auf. Die Größe war für ihn der perfekte Vorwand, nicht viel Zeit dort verbringen zu müssen. Es hieß, damals hätte sich meine Mutter in ihn verliebt, weil er ein großes Verständnis für Ordnung und Gerechtigkeit habe. Er war Polizist, da war so was natürlich oberste Priorität – Genauigkeit und Akribie, ökonomische Arbeitsabläufe. Nur im Haushalt sah er sich offenbar dazu nicht verpflichtet. In unserer Altbauwohnung hatte es eine Ofenheizung gegeben, die wir manchmal nutzten, um etwas Geld zu sparen. Damals hatte mein Vater noch eine Aufgabe im Haushalt: Kohlen aus dem Keller holen und die Asche die vier Stockwerke wieder hinunterschleppen. Dann begann mein Vater über Rückenschmerzen zu klagen, und jemand erzählte ihm von diesem Siedlungsbau im Süden der Stadt. Nachhaltige Bauweise, energiesparend, topmodern. Kurz darauf zogen wir in den ersten Betonklotz vor Ort, noch bevor dort überhaupt auch nur irgendetwas funktionierte. Es gab keine Infrastruktur, keinen Telefonanschluss, nichts. Es war, als hätten wir uns ins vergangene Jahrhundert zurückgebeamt. Noch nicht mal Nachbarn hatten wir im ersten Jahr. Nur zwei Familien lebten zu Anfang mit uns im Wohnblock: die Eltern von Mirabel und die von Heinrich. Fotos von früher zeigen, dass wir über Jahre in einer Großbaustelle hausten. Meine Mutter dokumentierte das Wachstum der Siedlung auf dieser sandigen Brache. Über zehn Jahre hinweg fotografierte sie von unserem Wohnzimmerfenster das Panorama, mit einem kleinen Fotoapparat, ausgerechnet sie. Plötzlich wurde sie zu einer Beobachterin, die minutenlang bewegungslos dastehen und einfach nur schauen konnte. Ich hatte den Eindruck, dass sie mehr über die Baustelle wusste als über uns. Nie zeigte sie uns die Fotos. Ich fand die entwickelten Bilder irgendwann, sauber eingeklebt, verteilt auf mehrere Fotobücher. Dazwischen auch andere, die fast ein wenig nach Kunst aussahen. Verschrobene Ausschnitte, Details, falsch belichtete Fotos.

Wir hatten Glück, dass wir so weit oben wohnten und unser Turm über all die Jahre der höchste von allen blieb, das Herzstück, mit einer alles überragenden Weitsicht. Wir nannten ihn die »Großkotz-Gruft«. Doch so atemberaubend der Blick auch war, meine Mutter war grantig. Es gab keinen nahe gelegenen Kindergarten für mich, also musste sie pausenlos mit mir zusammen sein, während mein Vater mit dem Auto zur Arbeit fuhr. Nicht mal die U-Bahn-Linie war ja fertig. Auf den sandigen Wegen blieben die Räder meines Kinderwagens stecken. Einmal fing meine Mutter draußen in der Brache urplötzlich an zu weinen. Der Anblick einer weinenden Mutter ist trauriger als der Tod, dachte ich damals. Die Tränen liefen ihr über die geschminkten Wangen und wollten erst aufhören, als ein Bauarbeiter auf uns zugelaufen kam. Hektisch trocknete sie ihr Gesicht unfein mit ihrem Ärmel. Doch der Mann hatte längst verstanden, was zu tun war, und tröstete sie mit warmen Worten. Sie lächelte. Andere Arbeiter kamen dazu. Es war, als würden sie Schlange stehen, um ihr beizustehen.

Seit diesem Umzug gab es in meinem Leben keine Treppenstufen mehr. Nur noch den Aufzug bis ganz nach oben. Während der Fahrt zählte ich die Stockwerke laut mit, die auf dem Weg nach oben oder unten auf der kleinen Leuchttafel über der Knopfleiste angezeigt wurden. Meine Mutter machte das wahnsinnig. »Dein Kind hat eine Neurose!«, hörte ich meine Mutter zu meinem Vater mit schriller Stimme sagen, mehr als einmal. Die Wände unserer Wohnung schienen aus Pappmaschee zu sein. Das Wort Neurose klang brutal in meinen Ohren, auch wenn ich nicht wusste, was es bedeutet. Dabei war nur sie es, die sich über mich wunderte, ja schämte, während Nachbarn meiner Zählkunst applaudierten. Immerhin konnte ich schon, bevor ich in die Schule kam, bis dreißig zählen. Ich entwickelte ein ganz spezielles Verhältnis zu den beiden Ziffern Drei und Null. Im Kopf zählte ich jeden meiner Schritte von eins bis drei oder von eins bis dreißig. Und dann wieder von vorne. Im Fernseher stellte ich die Lautstärke entweder auf drei, dreißig oder dreiunddreißig. Und jeder Geburtstag mit einer drei im Alter ist bis heute ein besonderer für mich.

In den Wirren der Gänge unseres Wohnturms konnte man sich phantastisch verlaufen. Manchmal glaubte ich, niemals mehr ein Ende darin zu finden. Wie an einem vergessenen Ort, abgeschnitten von der schönen Welt, von der man dachte, dass sie da draußen auf einen warten könnte. Es machte mich sehnsüchtig. Und doch war es auch toll, ohne Licht durch die stockfinsteren Gänge zu spazieren. Im Dunkeln hatte ich weniger Angst, konnte ungesehen bleiben. Manchmal ging am anderen Ende doch ein Licht an. Es dauerte, bis alle Birnen in der Reihe im Flur brannten. Sie flackerten einige Sekunden, es surrte, und dann ging die nächste an, so als müssten sie sich gegenseitig aufwecken. Und dann sah man in der

Ferne einen Schatten entlanghuschen, hörte Schritte, die ein dumpfes Echo erzeugten. Dass Mirabel in derselben Etage wie wir wohnten, erfuhr ich, als wir eines Nachmittags ineinanderliefen. Auch sie schlich gerne im Dunkeln umher. Wir waren beide so lautlos, dass wir uns zu Tode erschreckten, als unsere warmen Körper plötzlich zusammenstießen. Von da an verbrachten wir fast jeden Tag miteinander.

Dass es in meinem Leben gar keine Treppenstufen gab, stimmt nicht ganz. Mirabels und mein geheimer Treffpunkt lag noch eine Etage über unserer Wohnung. Ein Stockwerk ohne Zahl, wo der Fahrstuhl nicht hielt, man kam nur über eine kurze Treppe hinauf, an deren Ende eine kleine Tür ins Freie auf einen umlaufenden Gang führte. Er besaß lediglich ein Geländer, und es war uns strengstens verboten, dort zu sein. Auf der anderen Seite des Geländers ging es senkrecht in die Tiefe. Natürlich war es deshalb umso aufregender, dort Zeit zu verbringen. Wir nannten den Ort OG Unsichtbar. Oft schlichen wir auf Zehenspitzen hinauf und schauten hinunter, direkt in den Innenhof. Immer wurde uns beim ersten Blick in den Abgrund schwindelig. Die Höhe war gigantisch. Man konnte aber auch in die angrenzenden Wohntürme schauen und die Nachbarn darin beobachten. Wie Perverse machten wir uns gegenseitig auf Szenen aufmerksam, die sich in den fremden Wohnungen abspielten. Vieles sahen wir auf diese Weise zum ersten Mal. Eine junge

Frau oben ohne zum Beispiel. Ich erinnerte mich noch lange Zeit an die Form ihrer Brüste und strebte dieselben kleinen, festen Rundungen an, als ich selbst noch nicht mal den Ansatz eines Busens hatte. Manchmal konnten wir auch Fremde beim Sex beobachten, auf einem Küchentisch oder der Kochzeile, denn die Küche ging bei allen Wohnungen zum Hof hinaus. Wir sahen auch Polizeieinsätze und einmal eine ziemlich blutige Schlägerei, bei der ein Kopf gegen eine Fensterscheibe geknallt wurde, so dass sie mit einem lauten Krachen riss. Es war besser als Fernsehen. Natürlich fanden auch viele langweilige Szenen statt. Ein Nachbar drapierte in der kalten Hälfte des Jahres stets äußerst akribisch eine biegsame neongrüne Leuchtstoffröhre um sein Fenster, die wohl einem Tannenzweig ähneln sollte. Sowieso war dieser Mann merkwürdig, wirkte sozial isoliert. Häufig tat er irgendetwas in Fensternähe, so als würde ihm die Enge des Hofes, die einen näher bei den anderen sein lässt, eine Form der Geborgenheit geben. Mal schliff er das Fensterbrett ab, mal verspachtelte er eine Ecke, wo der Putz bröckelte. Danach malte er die graue Spachtelmasse weiß an. Ziemlich oft putzte er die Scheiben – innen und außen. Bei allem, was er machte, wirkte sein Gesicht leblos. Der traurige Ausdruck in seinen Augen ging auf uns über, machte uns betroffen, weil wir ihm nicht helfen konnten. Wir wussten ja nicht mal, woran es liegen konnte, dass es ihm so offensichtlich nicht gut ging. Oder ob es ihm überhaupt schlecht ging. Wir stellten uns alle möglichen Sachen vor.

Genau das war eines unserer Spiele da oben: uns zu all den Bildausschnitten hinter den Fenstern Geschichten ausdenken. Mann X ist mit Frau Y zusammen, sie aber trennt sich für Mann Z von X und zieht mit ihm zusammen. Mann X erträgt die Niederlage nicht, wird zur Bestie, kommt mit Kuchen als Tarnung zu Besuch, um dann unerwartet auf Z und in Teilen auch Y einzuprügeln. So oder so bedeutete alles, was wir in den fremden Wohnungen erhaschen konnten, Abgrenzung. Positiv wie negativ. Wir sahen, dass es Väter gab, die mit ihren Kindern Hausaufgaben machten, und Frauen, die ihren Männern liebevoll über den Rücken strichen, weil sie einander aufrichtig liebten. Mirabel und ich erkannten dadurch sehr früh, wie wir leben wollten – und wie nicht. Dabei ging es auch um ganz oberflächliche Dinge. Zum Beispiel sah ich Pflanzen in Wohnungen, die wir nicht zu Hause hatten. Immerhin gab es einmal in der Woche frische Blumen von meinem Vater. Ansonsten stand nur eine mickrige Palme bei uns im Wohnzimmer, die vielleicht zweimal jährlich Wasser brauchte. Und Kunstblumen, miese Staubfänger, die so taten, als seien sie lebendig.

Wenn Mirabel und ich uns nicht unseren Beobachtungen hingeben wollten, spielten wir unser Spuckspiel. Und das ging so: Wir verfolgten unsere Spucke bis ganz nach unten mit den Augen. Kurz vor dem Boden rollte sich der meterlang gewordene Faden wie elektrisch aufgeladen im allerletzten Moment zu einer kleinen Kugel zusammen. Das fanden wir in einem Experiment heraus, bei dem wir von einem Stuhl, den wir auf einen Tisch gestellt hatten, aus etwa zweieinhalb Metern Höhe unser Mundwasser im freien Fall analysierten. Es war, als würde die Spucke ahnen, dass sie im gedrungenen Zustand vielleicht weniger Schmerz empfinden würde. Ich stellte sie mir als fallenden Menschen vor, in Panik, wie er im Reflex all seine Gliedmaßen hektisch an sich zieht, um sich zu schützen. Manchmal tat mir meine eigene Spucke deshalb leid. Für einen direkten Bodentreffer gab es acht Punkte. Sechs bekam man, wenn die Spucke auf das untere Drittel der riesigen Stahlwurm-Skulptur im Innenhof traf, vier, wenn sie nur bis zur Hälfte kam, zwei für das obere Drittel und null, wenn sie gleich ganz oben irgendwo in den Stahlwürsten hängenblieb. Mirabel und ich motivierten uns gegenseitig wie Trainerinnen. Jedes Mal sondierten wir fachmännisch die Bedingungen. Dafür befeuchteten wir unsere Zeigefinger und hielten sie in die Luft. Der Erfolg hing vor allem vom Wind ab. Auf seine Stärke und Richtung kam es an. Wir justierten anhand seiner unsere Spuckrichtung und die jeweilige Kopfhaltung. Dann sammelten wir so viel Speichel, dass wir kaum mehr sprechen konnten. Besonders hilfreich war es, wenn man etwas verschnupft war, da man Rotze mit hochziehen und untermischen konnte. Dadurch bekam das Ganze mehr

Gewicht. Hatten wir genug davon zusammen, nickten wir einander zu und schoben die Flüssigkeit mit der Zunge direkt vorne vor die Zähne, hängten den Kopf über das Geländer und ließen die sämige Spucke in die Tiefe fliegen.

»Auch Menschen finden ihren Weg übrigens hier runter«, sagte Mirabel einmal und reckte ihren Hals weit nach vorne über das Geländer. Entrüstet fragte ich, wie sie das meine, hier würde doch niemand runterspringen. »Natürlich, deshalb sind doch auch die Netze da unten gespannt – fallende Menschen sollen darin aufgefangen werden. Was glaubst du denn?« Sie mochte es, brutale Geschichten mit betonter Leichtigkeit zu erzählen. »Gab es hier denn schon Tote?«, fragte ich besorgt weiter. Mit weit aufgerissenen Augen nickte sie mir zu.

Ich dachte noch lange darüber nach. Bis heute halte ich es für die beste Art und Weise, sich selbst zu töten. Es geht schnell, und man kann sich nicht mehr umentscheiden, wenn man diesen einen Schritt zu weit gegangen ist. Wer eine Überdosis Tabletten schluckt, kann sich den Finger in den Hals stecken. Wer sich die Pulsadern aufschneidet, kann einen Druckverband machen. Aber wer springt, der fällt. Es muss nur hoch genug sein.

Als ich aus dem U-Bahnhof nach oben Richtung Tageslicht laufe, erstreckt sich die hoch gebaute Siedlung meiner Kindheit vor mir wie eine unkaputtbare, bedrohliche Mauer. Aber dieser Riegel hat auch etwas an sich, das mich geborgen fühlen lässt. Ich habe vorhin meine Mutter angerufen, um mich anzukündigen. Sie wirkte gestresst, so wie immer eigentlich. Dabei hat sie meist nicht viel zu tun. Unter mir höre ich durch das Bodengitter die U-Bahn wegrauschen. Der Boden beginnt zu zittern. Früher habe ich mich getraut, über diese Gitter zu laufen, dabei ist es ja nicht mal eine Mutprobe. Mittlerweile fürchte ich, darauf einstürzen zu können. Das Geräusch in der Tiefe überschlägt sich, aus den Löchern steigt wieder dieser bestimmte Geruch auf. Und dann ist die Vergangenheit da. Ich kann mich nicht wehren. Ich laufe über diese vier Bodenplatten, die noch immer etwas lose im Boden liegen und klappern, wenn man drüber hinweggeht. Da auf dem Stromkasten, ein paar Meter neben dem Ausgang vom Bahnhof, sehe ich das Herz, das Heinrich vor Jahren mit Edding gemalt hat. Es ist ziemlich krumpelig. Die eine

Seite geriet beim ersten Versuch deutlich größer als die andere, daraufhin besserte er die kleinere aus, dessen Strich dadurch gleich dreimal so dick wurde. Ich laufe weiter durch die vergessene Stadt, in der alles noch so ist, wie es immer war. Ich könnte mit verbundenen Augen die Wege abgehen. Selbst die Stelle mit dem abgeblätterten Putz in der Fassade des einzigen dreistöckigen Wohnhaues in unserer Siedlung ist noch da. Noch immer sehe ich darin die Form einer liegenden Hexe. Die krumme, spitze Nase, sogar mit Warze, der Hut, die Brüste. Hinter diesem Hexenhaus biege ich in einen schmalen Kiesweg voller Unkraut, der genau zwischen zwei Hochhäusern entlangläuft. Es ist der Weg, den ich früher zur Schule gegangen bin.

Ich erinnere mich an den Tag, als meine Eltern mir erlaubten, ihn alleine zu gehen. Es fühlte sich an, wie ich dachte, dass sich Erwachsensein anfühlen würde. Von da an konnte ich es kaum erwarten, in die Schule zu kommen. Es tat gut, aus unserem Schuhkarton auszubrechen. Theoretisch konnte ich nun machen, was ich wollte, solange ich nur pünktlich zum Unterricht und nach Hause kam. Stolz überkam mich, damals, bei meinem ersten Gang alleine. Ich hatte das Gefühl, dass er meine Beine in Kautschuk verwandelte. Wie ein Flummi sprang ich durch die Straßen. Kurz springe ich nun wieder so, meine Eingeweide vibrieren bei jedem Aufkommen, die Knochen klirren.

Ich muss lachen. 801 Meter beträgt der Weg. Mein Vater hatte die Strecke damals genau berechnet, bevor ich sie erstmals alleine gehen durfte. Mit großen Schritten liefen wir den Weg ab, um schätzen zu können, wie lange man im Schnitt braucht. Falls mal irgendetwas sein sollte, sagte er. Bevor die Fahrstuhltür zuging und ich mich alleine auf den Weg machte, klopfte mir mein Vater jedes Mal auf die Schulter. Es war weniger Bewunderung für meine Selbstständigkeit als die eindringliche Erinnerung daran, doch bitte keinen Unsinn zu machen. Ich nickte brav und genoss meinen allerersten Atemzug, wenn sich die Fahrstuhltür im Erdgeschoss wieder öffnete, als würde ich nach 20 Jahren aus dem Knast kommen. Freiheit. Das bedeutete, zu gehen, wie ich wollte. Und zu sein, wer ich wollte. Zu Hause beäugte meine Mutter kritisch, wenn ich auch nur etwas zu lange vor dem Spiegel stand, mich darin ansah, an mir herumzog, mich irgendwie bewegte, wie sie es nicht von mir kannte. Für mich bestand der Morgen nun aus einzelnen Abschnitten, und in jedem konnte ich ganz unbeobachtet eine andere Figur sein. Erst war ich ein Junge. Schon in den ersten Momenten vor der Tür fühlte ich mich direkt wie einer der Älteren aus meiner Schule, vor denen man immer so ein winziges bisschen Angst hatte. Weil sie laut waren und aus Prinzip provozierten, wer ihnen in die Quere kam. Ich mied ihre Nähe, auch weil sie einer Mitschülerin mal eine Plastikflasche auf den Kopf gehauen hatten, als sie kopfüber baumelnd an einer Stange auf dem Spielplatz hing. Einfach so. Ich laufe gerade an diesem Gerüst vorbei, das heute so lächerlich klein wirkt. Früher musste ich springen, um mit den Händen die höchste der Stangen zu umgreifen. Jetzt geht sie mir bis zur Brust. Doch ich fand diese Clique von Jungen auch faszinierend, gerade weil sie so unantastbar wirkte. Also war ich morgens auf dem Weg heimlich einer von ihnen und fühlte mich direkt wie der Chef der Straßen und Einfahrten, der Bäume und Bürgersteige. Selbstbewusst wie sie schlenderte ich mit lockeren Schritten, ging etwas in die Knie wie ein Rapper, an den Wohntürmen unserer Siedlung vorbei bis zu meiner Schule. Gemächlich, unabhängig und gelassen. Aufrecht und zugleich entspannt. Zugegeben, ich bekam es nicht immer hin. Manchmal riefen mir Nachbarskinder zu, ob ich besoffen sei. Ich ließ mir nichts anmerken, ich war ja einer von den gefürchteten Anführern, versuchte aber doch irgendwie, weniger mit den Armen zu schlenkern und nicht so stark mit der Hüfte einzuknicken. Sobald ich auf das Gelände meiner Schule kam, veränderte ich meinen Laufstil. Ich lief, das Kinn herrschaftlich nach oben gerichtet, den Blick zum Boden, als schritte ich an Menschen vorbei, die in der Rangfolge unter mir stünden. Ein grader Gang, schreitend wie eine Königin. An den Bungalow meiner Schule fügte sich ein riesiger Sportplatz an. Ich inszenierte den Gang über den grünen Rasen als Zeremonie. Stellte mir vor, wie meine Untertanen feierlich um das Rondell auf der 400-Meter-Laufbahn standen, um mich und den neuen Tag zu begrüßen. Ich hob die Arme weit nach oben in die Luft, zum

Gruß und Dank, als ich in der Mitte des Rasens angekommen war. Kein demütiger, eher ein den Gehorsam der anderen anerkennender Dank. So stand ich eine kurze Weile und hörte geradezu das Gejubel in meinen Ohren. Königinnen, dachte ich, dürfen alles.

Mit Eintritt durch die Schultür veränderte sich diese Überheblichkeit schlagartig. Ich fühlte mich allem beraubt und nahm, wie alle anderen auch, die Rolle einer demonstrativ gelangweilten Schülerin ein. Auf meinem Rückweg dann dasselbe: Erst der königliche Gang über den Sportplatz, dann der Junge, der durch die Straßen schlendert. Mit dem Klingeln an unserer Wohnungstür wurde aus Lois dann wieder das unmündige kleine Mädchen. Wo ich denn bloß so lange gewesen sei, fragte mich meine Mutter schon an der Gegensprechanlage.

Ich lege meinen Finger auf die Klingel. Längst muss ich mich nicht mehr auf Zehenspitzen stellen, um den Knopf zu erreichen. Es knarzt, ihre Stimme ertönt aus dem kleinen Lautsprecher unter den Namensschildern: »Wieso hast du so lange gebraucht?« Erst dann geht der Summer. Ich öffne die Tür zum Wohnhaus. In mir zieht sich alles zusammen, als ich auf den Knopf im Fahrstuhl drücke, um ganz nach oben zu fahren. Plötzlich höre ich wie früher die Uhr ticken, dabei trage ich nicht mal eine ums Handgelenk. Trotzdem spüre ich wieder genau, wie mich der Sekundenzeiger damals antrieb. Ich schaue auf mein Handy, vier Minuten zu spät.

Irgendwann hatte ich mir vorgenommen, zumindest einmal am Tag genau das, was als richtig galt, falsch zu machen. Das fraß nicht unbedingt Zeit, machte aber Spaß. Die vorsätzlichen Vergehen waren immer nur so klein, dass sie mich nie tatsächlich in Gefahr gebracht hätten. Eine unaufgeregte Rebellion. Wenn niemand anderes an der Straße stand, schaute ich nicht links-rechts-links, wie man es mir beigebracht hatte, sondern rechts-links-rechts. Ein weiterer Regelbruch: Mit einem als Zigarette getarnten Stück Holz im Mund zur Schule laufen. Eine aus Kaugummi hätte meine Glaubwürdigkeit sicher gesteigert. Meine Mutter aber kaufte mir so etwas nicht, aus Angst, ich würde mir damit rauchertypische Gesten aneignen. Dass sie dafür mein bestes Vorbild war und ich längst wusste, wie man die Zigarette elegant zwischen Mittel- und Zeigefinger hielt, ohne dabei verkrampft auszusehen, oder wie man sie zum gespitzten Mund führte, sagte ich ihr nicht. So lässig ich mir in den Momenten mit diesem Ast im Mund vorkam, überkam mich manchmal, und dann ganz plötzlich, ein Gefühl der Fremde, mir selbst gegenüber. Nicht weil ich etwas Verbotenes tat. Richtig verboten war es ja eben nicht, aber schon der Gedanke daran fühlte sich verboten an. Dieses unerwartete Gefühl der Reue kletterte hinauf bis in die Bauchgegend, mein Innenraum schien dann ganz hohl. So wie wenn man im Riesenrad gerade den höchsten Punkt erreicht hat und die kleine Gondel nach einem Augenblick wieder nach unten rauscht. Ich fühlte mich schuldig und klein. Mutig fühlte ich mich dagegen, wenn ich die verbotene Abkürzung nahm. Sie verband zwei Häuserblocks miteinander, und man musste nicht um den Pudding laufen. So gewann ich Zeit. Mutig war ich, weil es durch ein Waldstück ging, in das kaum Tageslicht durch die dichten Bäume fiel. In diesem kleinen Zwischenstück wurde einmal ein Mann gefunden, der schon drei Tage lang tot zwischen Regenwürmern und Käfern im Laub gelegen hatte. Meine Eltern hatten mir von ihm erzählt, und auch in der Schule redete man darüber. Es kursierten die wildesten Anekdoten. Wie stille Post wurde aus dem Mann, der mit seinem Hund Gassi ging und vermutlich an einem Herzinfarkt starb, einer, der mit heruntergelassener Hose, blutigem Schritt und einem Messer, das im Maul seines Hundes gefunden wurde, dalag. Das alles hätte mich abschrecken können, aber genau darum ging es mir ja: stärker als die Angst zu sein.

Einmal jedoch überkam sie mich tatsächlich mit Wucht, die Angst. Ich lief durch den Wald, fühlte mich beobachtet und blieb stehen, verwundert, weil ich zu spüren meinte, dass da jemand war. Ich drehte mich um. Niemand. Wieder und wieder schaute ich hinter mich und ging mit mulmigem Gefühl weiter. Ich lief schneller, mein Atem wurde hektisch. Als ich das Ende des Waldstücks erreicht hatte und zurück im Tageslicht war, verschnaufte ich, meine Lunge brannte. Ich stützte mich mit meinen Händen auf die Knie, wie nach einem Sprint, sank mit dem Kopf tiefer und tiefer, so dass ich ein bisschen von der Welt kopfüber zwischen meine gespreizten Beine hindurch sehen konnte. Und da erspähte ich sie. Hektisch kam meine Mutter hinter einem der letzten Bäume des Waldstücks hervorgelaufen. Ich richtete mich auf, drehte mich zu ihr. Wir schauten einander genau in die Augen. Wortlos drehte ich mich wieder weg und lief weiter, schneller, noch schneller, blieb dann doch wieder stehen, fassungslos, wusste nicht, was ich tun sollte. Wieder drehte ich mich um, noch immer lief sie mit ein paar Metern Sicherheitsabstand hinter mir her. Sie hätte sich ja wenigstens Mühe geben und sich verkleiden können, brüllte ich ihr lauthals, da mitten auf der Straße, zu. Ein Rollladen ging hoch. »Schrei nicht so, Lois«, ermahnte sie mich mit energischem Flüstern, plötzlich nur noch zwei Meter hinter mir. Ich war so wütend, dass ich alles, was sie sagte, ignorierte und ihr mit einem lauten Kreischen entgegenlief, um wie eine Furie auf sie einzuschlagen. Bücher und Stifte in meinem Rucksack rasselten dabei so ohrenbetäubend laut hin und her, dass sich ein Passant die Ohren zuhielt. Meine Mutter nickte ihm verlegen zu, wünschte ihm einen guten Tag. Mein Kräftevermögen war lachhaft und meine Fäuste viel zu klein, um ihr ernsthaft wehzutun. Meine Mutter erstarrte trotzdem, ließ meinen Ausbruch stumm über sich ergehen. Dann ließ ich ab von ihr, drehte mich um und lief so schnell wie noch nie zur Schule, ohne einen Blick zurück.

Es klingelt. Mit dem Pling erscheint die Zahl 30 in der digitalen Anzeige des Fahrstuhls, und das gewohnte Pfeifen ertönt, als sich die Tür zum Flur öffnet. Der Geruch von kaltem Stein strömt mir entgegen. Zur Begrüßung wartet meine Mutter nicht etwa im Türrahmen. Das könnte vertraut wirken und zu unaufgeregt. Ich spüre ihre Energie schon, als ich eintrete. Keine gute, stelle ich fest, als ich sie in der Küche mit leblosem Blick herumhantieren sehe. Sie muss sich bloß in einem Raum aufhalten, ohne auch nur ein Wort zu sagen, und jeder kann ihre Laune spüren. Da steht sie, eine Krake am Küchentresen, die ihre unsichtbaren Tentakel, rücksichtslos und ohne zu fragen, um alles legt, das sich in ihrer Nähe befindet, und daran saugt. Ich spüre ihre Saugnäpfe so stark auf meiner Haut, dass ich ihr nicht entkommen kann, spüre, wie Taubheit meinen Körper überkommt. Nicht mehr so stark wie früher, aber unter der Haut fängt es wieder zu kribbeln an. Hunderte Stecknadeln, mit denen mich jemand sanft, aber unablässig sticht.

Auch ich sage nichts, als ich eintrete, setze mich wortlos an die ausgeklappte Tischplatte in der Küche. Sie, in Jeans und weißer Bluse, steht noch immer mit dem Rücken zu mir gewandt an der Arbeitsfläche. Mein Blick fällt auf ein Buch vor mir auf dem Tisch. Ich kenne es. Es ist ein Duden, den sie zum Kreuzworträtselraten benutzt. Sie trägt ihn fast wie ein Accessoire. Seit ich denken kann, ist er in einen Schutzumschlag gewickelt, als handele es sich um verbotene oder unanständige Literatur. Ein perverser Sexthriller oder so. Ich starre auf die Geschmacklosigkeit des Umschlags: eine Rose vor schwarzem Hintergrund, deren dorniger Stiel sich in einer geschlossenen Hand befindet, an der Blutstropfen runterlaufen. Ich fahre mit meinem Zeigefinger über den Buchdeckel.

»Hast du eigentlich jemals eine neue Auflage von deinem Duden gekauft?« Meine Frage ist das erste Geräusch, das man in dem kleinen Raum wahrnehmen kann. Die Laute wabern um die Hängeschränke, unbeantwortet, als hätte ich gefragt, ob ich eigentlich adoptiert sei. Noch immer dreht sie sich nicht um zu mir. Schließlich sagt sie schnippisch: »Ich muss mal eben ins Bad.« Und verlässt die Küche.

Ich nehme das Buch in die Hand. Auf der Suche nach einem Erscheinungsjahr entdecke ich mehrere Briefumschläge gleichmäßig zwischen den Seiten verteilt. Es vergeht nicht viel Zeit, bis sie schnellen Schrittes wieder zurückkommt, um den Kaffeefilter weiter mit Pulver zu füllen. Als sie eintritt, schaut sie mich ein erstes Mal an, ein misstrauischer Ausdruck liegt in ihren Augen. Mit verschränkten Armen sitze ich da und schaue zurück, während drei dieser Briefumschläge, die zwischen den Buchseiten klemmen, stumpf zwischen meiner Haut und dem T-Shirt knistern. Mein Herz pumpt das Blut in deutlich schnellerem Takt als sonst durch meinen Körper. Ich habe das Gefühl, dass meine Mutter irgendetwas von mir erwartet. Noch bevor sie ihren Blick wieder von mir abwendet, stehe ich auf und laufe, ohne ein Wort zu sagen, in den Flur. Auf dem Weg ins Badezimmer stecke ich die Briefumschläge schnell in meine Tasche. Ich muss nicht pinkeln, setze mich mit hochgezogener Hose auf das geöffnete Klo, zähle bis 30 und spüle dann.

Als ich wieder in die Küche trete, steht sie unverändert vor der Arbeitsfläche. Aus einem Impuls heraus umarme ich sie von hinten. Überraschenderweise dreht sie sich sogar zu mir um und erwidert meinen für unser Verhältnis überbordenden Annäherungsversuch. Es fühlt sich komisch an, ihre Körperwärme zu spüren, ihre Brüste an meinen. Sie zu riechen. Sie riecht gut. Ihre Haut, die feinen Härchen im Nacken, die bei jedem meiner Atemzüge wehen. Ich taste ihren schmalen Rücken mit den Fingern ab, unter dem Stoff spüre ich ihre Rippen. Sie ist so zart, wie sie hier in meinen Armen liegt, ihre an meiner Hüfte. Ihr Körper wird von Sekunde zu Sekunde schwerer, so als würde sie es genießen, sich endlich ablegen zu können. Unter alldem spüre ich noch immer ihre Steifheit, auch eine gewisse Stärke. Und auch meine, weil ich sie halten kann.

So verharren wir ein paar Minuten. Die Kaffeemaschine gurgelt das Wasser durch den Filter. Langsam kriecht mir der Geruch frisch gebrühten Kaffees in die Nase. Als mir plötzlich ein hässlicher Satz in den Kopf schießt, muss ich sie schlagartig loslassen, als seien wir elektrisch aufgeladen. Sie schaut mich perplex an. Auf ihrem Gesicht liegt ein Ausdruck, der so gar nicht zu diesem Satz passen will. Aber er schellt wie ein fürchterlich lauter Alarm in meinen Ohren: »Ach, Lois, es ist so eine Last mit dir.« Das sagte sie mir früher gerne so zwischendurch. Zwar lag dabei ein Lächeln auf ihren Lippen, doch das milderte nicht die Härte dieses Satzes. Denn sie sah mich genau als das: als Last. Das spürte ich. Ich lächelte tapfer zurück, jedes Mal. Als mein Vater noch gelebt hatte, spürte sie die Allianz, die ich mit ihm gegen sie gebildet hatte, glaube ich. Das trieb sie immer weiter weg von uns. Sicher war da auch Trotz in ihr. Er war mein Held und sie bloß meine Mutter. Das war klar, aber sie bemühte sich auch nicht sonderlich um Veränderung.

Ein paar Jahre nach dem Tod meines Vaters trat ein neuer Mann in ihr Leben. Für zweieinhalb Jahre. Mit ihm hatte ich häufig Streit. Anfangs versuchte er noch, den Platz meines Vaters einzunehmen. Das klappte nicht. Wie soll auch ein Mensch einen anderen ersetzen? Schon damals verstand ich das nicht. Das kann nicht funktionieren, wer das versucht, wird scheitern. So wie er. Daraufhin beschloss er, mich zu ignorieren. Jemanden aus meinem Wahrnehmungsfeld zu verbannen, der dort schläft, wo auch ich schlafe, der sich dort die Zähne putzt, wo ich es tue, in dasselbe Waschbecken spuckt, in denselben Spiegel guckt: Ich konnte es nicht. Er schon. Ich fühlte mich nicht mehr zu Hause. Ich war mir sicher, das sei die gerechte Rache meiner Mutter gegen mich. Und der Beweis, dass ich ihr Störfaktor bin.

Ich schaue meine Mutter an. Sie wirkt eingeschüchtert. Bevor sie wieder aus der Küche flüchten kann, öffne ich wie ferngesteuert meine Notizen auf meinem Handy und beginne, ihr laut daraus vorzulesen.

*Beginnt am 2.1. – da noch verdrängt, weil mitten im Wochenende*
*Bricht aus am 4.1., Montag – alles geht weiter wie gehabt, während immerhin ein Jahr vergangen ist*
*Gelähmt, heulend, verkrampft im Bett, alles zugeschnürt, ausweglos*
*Freund sucht mir Selbsthilfegruppe raus, weil er sich nicht anders zu helfen weiß*
*Was ich denke:*
*Ich kann nicht mehr zur Arbeit gehen!*
*Mir fehlt die Rückkopplung!*
*Ich will alles anders machen!*
*Aber wie?*

*(Wieso sucht der Idiot mir eine Selbsthilfegruppe raus?!)*
*Spüre kein grundlegendes Glück mehr in mir! Bin nicht unbeschwert! Nicht zufrieden!*
*Weiß nicht, wohin mit meiner Aggression!*
*Ist das Trauer?*
*Angst! Auch davor, irre zu werden!*
*Fühle mich wertlos, schlecht, nicht geschätzt!*
*Zweifle an meiner Fähigkeit!*
*Hasse mich, dass ich mich so hasse!*
*Was ist mit mir passiert?!*
*Druck!*
*Genüge mir selbst nicht!*
*Schätze mich selbst nicht! Ziehe alles, was ich tue und geleistet habe, ins Lächerliche! Akzeptiere mich nicht, wie ich bin!*
*Muss was machen, mit dem ich Aufmerksamkeit generieren kann, was Außergewöhnliches, Besonderes!*
*Aber was?*
*Kann nichts.*

Meine Mutter schweigt. Ich hatte nichts anderes erwartet und starre sie mit Tränen in den Augen an. Ich erinnere mich, wie sie früher immer sagte, dass wir doch alle nur da seien, um einander zu bespaßen. Was ich jetzt tue, ist für sie auch Unterhaltung, aber eine schwere, vielleicht zu schwer. Ganz sicher wird sie gleich sagen, wieso ich mich bloß so ernst nehmen würde, dass das doch alles ein Spiel sei. Wenn es wirklich nur das ist, dann habe ich noch eine Angst mehr, werde ich dann erwidern. Die davor, am Ende in diesem Spiel zu verlieren. Meine Mutter kann mit meiner unerwarteten Direktheit nicht umgehen. Sie wirkt überfordert. Vielleicht hätte ich es lassen sollen.

»Bist du das jetzt noch immer? Das, was du da geschrieben hast?«, fragt sie plötzlich in die Stille.

Ich denke kurz nach. Ehrlich gesagt lesen sich die Notizen mit einem Abstand von einigen Monaten, als habe das ein völlig fremder Mensch geschrieben. Es ist mir fast peinlich, diese Abgründe, die irgendwo in mir schlummern, so laut ausgesprochen zu haben. Ich schüttle also den Kopf, »nein, das bin ich nicht mehr«, antworte ich. Gerade zumindest nicht, denke ich. Sage es aber nicht.

»Und warst du das überhaupt jemals, Lois? Sag ehrlich.« Ich schweige. Schon wieder will sie kleinreden, was sich für mich groß anfühlt.

»Du hattest schon immer dieses Talent, dich hoffnungslos in Dinge hineinzusteigern. Das kann gut sein, wenn es etwas Positives ist. Und ganz fürchterlich, wenn es etwas Negatives ist. Dafür, dass du die schlechten Momente deines Lebens so groß machst, hältst du die schönen verhältnismäßig klein. Findest du nicht auch?«

»Aber was sollte mir daran gelegen sein, mich in schlimme Dinge zu steigern oder sie mir auszudenken?«

»Du brauchtest immer viel Aufmerksamkeit. Wenn es nicht die positive war, dann eben die negative.«

Wieso muss sie bloß immer meinen Namen in jeden Satz quetschen? Obwohl ich mich angegriffen fühle, muss ich plötzlich lachen und an eine der hundert Anekdoten denken, bei denen ich mir als Kind wehgetan hatte. Und dann erzähle ich sie.

Es fiel mir immer schwer, beim Fahrradfahren mit der Geschwindigkeit meines Vaters mitzuhalten. Ich musste doppelt so schnell in die Pedale treten wie er. Aber er sollte nicht auf mich warten, nicht langsamer fahren wegen mir. Ich wollte, dass mein Vater am Ende des Ausflugs meinen Arm in die Höhe reißt und jubelt, dass ich es geschafft habe, wie bei der Tour de France oder so. Trotzdem brüllte er alle paar Minuten zu mir nach hinten, dass ich mich nicht übernehmen solle, sonst würde ich nur wieder stürzen. Er hatte recht – die Krankenakte bei meinem Hausarzt las sich wie eine Gebrauchsanleitung zur Selbstzerstörung: zwei Fingerquetschungen, geprellter Unterarm, angebrochener Mittelfußknochen, Loch im Kopf, Bluterguss unterm Auge, durchgerissenes Lippenbändchen, aufgeschürfter Brustkorb, Muskelfaserriss in linker Wange, eiteriger Niednagel am großen Zeh, Schürfwunden an Knien und Händen.

Umso verwunderlicher war es, dass meine Mutter zwar an alles in meinem Rucksack dachte, nur nie an Verbandszeug und Pflaster. Es erschrak auch nie jemand darüber, wenn ich heulend nach Hause kam. Aber all das war es mir wert. Ich trat in die Pedale wie ein Dieb auf der

Flucht. Wenn ich ohnehin gefährdet war, dann wollte ich wenigstens mit Würde zu Fall kommen – im Einsatz, in Gefahr.

Und dann geschah es, natürlich. Ich stürzte. Auf einer fiesen sandigen Stelle, unausweichlich, die erst meinen Vorderreifen zum Schlingern brachte und dann meinen gesamten Körper. Ich wand mich für einige wenige Sekunden noch auf dem Rad, versuchte, mich zu halten, bevor ich mit einem Rums zu Boden kam. Meine Knie und Handflächen bohrten sich tief in den Sand.

Kurz darauf hockte ich zwischen den Bäumen mit heruntergelassener Hose, um auf ein Taschentuch zu pinkeln, das ich mir zwischen die Beine hielt. Im Hintergrund die Befehlsschreie meines Vaters, der wie von Walddämonen besessen schien: »Jeder kann das! Mach jetzt! Wenn man will, kann man immer, also los!« Er hatte entschieden, der eigene Urin würde desinfizierend wirken, und verlangte von mir, dass ich meine aufgeschürften Knie mit meiner eigenen Pisse einreiben sollte. Seine Stimme wurde immer lauter und eindringlicher. Ich kniff die Augen zusammen, drückte mir mit der Hand auf die Blase in der Hoffnung, wenigstens einen einzigen Tropfen für ihn herauszupressen. Ich pinkelte quasi um mein Leben. Doch es kam einfach nichts aus mir raus.

Den Rest der Radtour redeten wir nicht miteinander. Bis wir zu Hause waren, murmelte er nur vor sich hin, schüttelte ab und an seinen Kopf. Er gab mir das Gefühl, ihn enttäuscht zu haben. Mit gesenktem Kopf fuhr ich einige Meter hinter ihm über die verwurzelten Waldwege. Meine offenen Knie brannten wie Feuer im Fahrtwind, doch das schlechte Gefühl, das mein Vater mir gab, war schlimmer. Nachdem wir zu Hause angekommen waren, verarztete er dann aber äußerst liebevoll meine Wunden. Mit einem Mal war er völlig verändert. Zu Hause war all das Böse aus seiner Stimme und seinem Blick verschwunden, als wäre es nie da gewesen. Mit der Ruhe eines promovierten Arztes desinfizierte er die Schürfungen, tupfte sie mit etwas Alkohol ab und kramte aus dem Medizinschrank ein kleines grünes Plastikfläschchen hervor. Die rotbraune Tinktur darin nannte er Indianerblut. Während mein Vater Tropfen für Tropfen hingebungsvoll auf mein geronnenes Blut träufelte, sagte er immer wieder, dass Indianer keinen Schmerz kennen. Es ziepte höllisch, aber natürlich verzog ich keine Miene, nickte nur stumm, während er mich umsorgte.

Auch meine Mutter muss jedes Mal über die Geschichte schmunzeln, so wie auch jetzt wieder. Es ist die einzige, in der er vorkommt, die auch sie seit seinem Tod immer mal wieder erzählt. Mit ihrem Ende ist auch unser Dialog vorbei. Was bleibt, ist, dass sie recht hat mit dem, was sie vorhin gesagt hat: Immer war irgendetwas mit mir. Was auch bleibt, ist, dass unsere Gespräche selten von etwas anderem als der Vergangenheit handeln. Manchmal glaube ich, dass sie gar nicht genügend Platz in ihrem Kopf hat, um mich jenseits all dieser Geschichten, die längst nichts mehr mit mir und meinem jetzigen Leben zu tun haben, anzusehen. Am liebsten würde ich ihr sagen, dass ich mich verändert habe, dass ich groß geworden bin. Dass mich heute andere Dinge ausmachen und beschäftigen und mich niemand mehr verarzten muss, weil ich mir in den Finger geschnitten habe. Aber ich lächle einfach noch kurz über die Geschichte von eben. Dabei könnte ich ihr von Spenda erzählen, denke ich. Von der Nacht neulich, als Heinrich sagte, dass sich dieses Stück Gummi bemerkbar machen wollte, indem es sich vorsätzlich vom Stuhl hat fallen lassen, und dass ich mich frage, ob sie das an mich als Kind erinnert. Oder davon, dass ich wahrscheinlich in etwas mehr als zwei Tagen tot sein werde. Ich könnte sie auch mit den Worten von meinem Freund konfrontieren, dem an meinen Erzählungen aufgefallen war, dass sie und mein Vater durchaus mit Stolz von mir gesprochen hätten, aber immer nur vor anderen. Und dass ich so nie gewusst hätte, was genau sie eigentlich mit Stolz erfüllt hatte. »Ach Lois, die macht das schon«, hieß es immer nur. Dann sagte er noch: Eltern müssten ihrem Kind einen bedingungslosen Stolz vermitteln. Ich könnte sie fragen, ob sie eigentlich wisse, dass Eltern den Grundstein für Spätschäden legen, dass es keine Rolle spielt, wie marginal die Dinge wirken mögen. Oder ihr sagen, dass ich mir oft die Frage stelle, wieso ich diesen intuitiven Drang habe, besonders sein zu wollen. Fragen, ob sie und mein Vater das erst in mir angelegt haben, gerade weil ich immer dachte, ihnen zeigen zu müssen, tatsächlich besonders zu sein. Ich könnte behaupten, dass man kein Narzisst ist, wenn man besonders sein will, sagen, dass Mirabel das anders sieht. Dass ich ihr neulich davon erzählt hatte und wir uns stritten, weil sie einfach nicht verstehen konnte, wieso ich so sehr wollte, dass meine Eltern mich »wirklich sehen«. Was das denn überhaupt bedeuten solle? Es müsse mir doch reichen, dass sie immerzu gesagt hätten, sie seien zufrieden mit mir. Ich könnte meine Mutter fragen, ob auch sie es als ein Luxusproblem sehe oder ob, wie ich glaube, Mirabels ausfallender Tonfall bloß das Überspielen einer ihrer eigenen Unsicherheiten war.

Doch ich sage und frage nichts.

Wenn meine Mutter und ich uns auch jetzt nicht wirklich nah sind, uns schweigend gegenübersitzen und an den Tassen nippen, tut mir ihre Gesellschaft gut. Die Gewohnheit kann noch so frustrierend sein – manchmal beruhigt es mich, zu sehen und zu spüren, was ich sehe und spüre, seit ich mich erinnern kann. Das gewohnte Elend ummantelt mein neues Elend.

Sie spielt mit einem Krümel, rollt ihn auf der Tischplatte hin und her, immer wieder. Ich beobachte sie. Sie sieht aus wie ein kleines Mädchen. Das sehe ich oft in ihr. Dann, wenn sie so gedankenversunken ist. Ich schaue ihr auf den Fingernagel, der wie immer auffällig kurz ist. Sie kaut an ihnen, wie ich. Einer von ihnen, der linke Zeigefinger, muss immer besonders leiden, wird so kurz gekaut, bis er schmerzt.

Ich nehme mir ein Magazin vom Tisch und blättere ganz nach hinten zum Horoskop, lese still den kurzen Absatz meines Sternzeichens durch. Meine Mutter schaut zu mir auf, ich spüre ihren bohrenden Blick, ein bisschen so, als würde sie mich auffordern zu teilen, was ich gerade lese. Ich lese laut, sie muss lachen, es klingt abfällig. Ich weiß, dass sie nicht an die Sterne glaubt.

»Mama, glaubst du eigentlich an irgendetwas?«, frage ich herausfordernd. Sie schüttelt den Kopf. »An gar nichts?«

»Woran sollte ich denn glauben?«

»Keine Ahnung, es gibt doch so viel. Gott, Schicksal, Glück, Fügung oder Sterne, irgend etwas halt.«

»Nein, für mich ist da nichts«, sagt sie wieder.

»Das klingt ja schrecklich!«

»An Dinge zu glauben ist etwas für schwache Menschen.«

Wieder so eine alles vernichtende Aussage meiner Mutter.

»Dann bin ich also schwach?«

»Wieso, woran glaubst du denn?«, fragt sie interessiert.

»An nichts Konkretes. Aber schon, dass es da auf jeden Fall irgendetwas gibt, ein übergeordnetes System oder so, das uns lenkt.«

Sie scheint ungläubig, fragt: »Und das beruhigt dich?«

»In manchen Situationen tut es das, ja.«

»Aber damit entmündigst du dich doch selbst.«

»Wie meinst du das?«

»Weil du dein Leben in die Hand von etwas oder jemandem gibst, von dem du noch nicht mal weißt, ob es das oder denjenigen überhaupt gibt. Und genau das meine ich ja, du hoffst darauf, dass alles gut wird, dabei bist du doch für alles, was du tust oder eben lässt, nur selbst verantwortlich.«

Ich kann nicht reagieren. Nicht weil mich ihre Antwort stutzig macht, eher weil ich mich nicht mehr daran erinnere, wann ich das letzte Mal so viel aus ihrem Mund gehört habe. Anstatt über eine Erwiderung nachzudenken, realisiere ich, dass unsere Sprachlosigkeit miteinander offenbar nicht zwangsläufig einseitig ist. Vielleicht hätte ich häufiger einfach mal aus dem Nichts etwas vorlesen sollen.

»Ich glaube ja nicht, dass alles vorgeschrieben ist«, sage ich nun nach der kurzen Pause. »Natürlich hat man immer auch eigene Entscheidungen zu treffen. Aber Papa hat auch immer gesagt, dass man am Ende sieht, dass alles, was passiert, irgendetwas Gutes für sich hat, und ich denke, dass das schon von irgendwoher anders gesteuert wird als nur von einem selbst.«

»Alles hat etwas Gutes – bist du dir da wirklich sicher?«, fragt sie wieder in ihrem typisch rhetorischen Tonfall, es klingt nach einer Fangfrage. Ich überlege. Wieder ist da das Gefühl, dass sie mich nicht ernst nimmt und sich überlegen fühlt.

»Schau doch mal, Lois. Für was war es gut, dass dein Vater so früh gestorben ist? Und für was ist es gut, dass Menschen im Krieg leben und von Bomben getroffen werden? Dass andere Krebs bekommen? Das ist doch komplett haltlos, was du da sagst.«

Ich gebe nicht auf und erwidere: »Aber vielleicht müsste man noch eine Ebene weiter rauszoomen. Den Blickwinkel darauf noch größer machen. Also: Krieg hat etwas Gutes für sich, weil dadurch andere verstehen, dass sich die Dinge und Zustände in der Welt verändern müssen, bevor noch mehr Leid passiert – oder so?« Eigentlich weiß ich, was das für ein Schwachsinn ist, das wird sie hören, aber ich will sie provozieren.

Meine Mutter reagiert sofort: »Das ist doch furchtbar egoistisch! Ein paar müssen leiden oder gar sterben, als Stellvertreter, um die Welt für andere oder vielleicht ja auch für einen selbst zu verbessern?«

Auch wenn ich mich von ihrem maßregelnden Ton entlarvt fühle, bin ich noch immer fasziniert davon, dass sie tatsächlich so viel reden kann. Ich will nicht, dass unser Gespräch schon wieder endet, und sage: »Aber so richtig stimmt deine Theorie ja auch nicht. Wenn du sagst, wir treffen alle Entscheidungen selbst: Was sagst du dann einem, der an Lungenkrebs sterben wird, obwohl er nie geraucht oder getrunken, sondern das gesündeste Leben überhaupt geführt hat?«

Jetzt ist sie für ein paar Augenblicke still. In Momenten des Schweigens liegen so viele verschiedene Nuancen. Es ist nun nicht mehr das Unangenehme wie vorhin, als sie mit diesem Krümel spielte. Die Sprachlosigkeit zwischen den Sätzen wirkt nun viel mehr befruchtend, ich spüre, wie sie überlegt.

Und dann sagt sie: »Ich glaube ans Leben, weißt du.«

»Ist das nicht zu simpel?«

»Nicht weniger als dein Glaube an einen Weg, der jedem vorgeschrieben sein soll.«

»Aber ans Leben zu glauben, das klingt so, als würde man einfach nur zu faul sein, um wirklich darüber nachzudenken, was das Leben überhaupt bedeutet.«

»Nein, das nennt man Vertrauen, Lois.«

»Du hast also Vertrauen ins Leben und in sonst nichts?«

»Ja. Also am Ende in mich, das gibt mir die Möglichkeit, alles zu machen, was ich will, alles darin selbst zu bestimmen. Wenn mir etwas nicht guttut, dann muss ich was ändern. Ganz einfach. Die ganzen Sorgen und Zweifel sind ja gerade dann da, wenn man sich selbst nicht vertraut. Und deshalb brauchen so viele irgendein System, um Halt zu spüren, sich sicher und gut zu fühlen.«

Ich gebe noch immer nicht auf: »Aber stell dir doch mal vor, dass es all diese von Menschen gemachten Glaubenssysteme wirklich nicht gibt und stattdessen irgendetwas ganz, ganz anderes, von dem wir alle wirklich nichts wissen und auch niemals wissen werden. Etwas, das dich und mich und die ganze Welt erschaffen hat, samt den Systemen, an die eben manche von uns glauben, dass sie existieren. Und das hat dieses Etwas, von dem wir niemals erfahren werden, extra so gemacht.«

Meine Mutter zieht die Schultern hoch. Ich weiß nicht, ob die Geste darauf bezogen ist, dass es wirr klingt, was ich sage, oder weil sie einfach ratlos darüber ist, dass ich, ihre Tochter, so anders als sie denke. Aber ich fühle mich ihr plötzlich gewachsen. Und bleibe dabei: Es gibt ein System, an das ich glaube, und das heißt Fügung.

Ich müsse los, sage ich. Wahrscheinlich ist es das allererste Mal überhaupt, dass ich diejenige bin, die ein Gespräch zwischen uns beendet. Ähnlich knapp wie die Begrüßung fällt auch die Verabschiedung aus: »Tschüss, Lois, bis bald.« Ich umarme sie kurz und murmle ihr auch ein Tschüss entgegen, bevor ich die Tür hinter mir zuziehe. Ich nehme nicht den Fahrstuhl nach unten, sondern die Stufen der Feuertreppe hinauf ins OG Unsichtbar.

Mit sechs Jahren sagte ich zu meinen Eltern: »Ihr küsst euch gar nicht.« Doch selbst bei diesen entlarvenden Worten gelang es ihnen, diesen zwei erwachsenen Menschen, die mich irgendwann aus einem Gefühl der Liebe zueinander gezeugt haben mussten, nicht, ihr Schweigen zu brechen und wenigstens für mich ein glückliches Paar abzugeben. Ein paar Minuten am Tag hätten sicher gereicht, um den Schein zu wahren.

Vielleicht wären es dann auch andere Geschichten gewesen, die ich in der Schule von zu Hause erzählt hätte. Als ich neun war, sollten wir eine Szene aus unserem Familienleben aufschreiben. Eltern, Geschwister, Haustiere – irgendetwas zum Thema Liebe. Da ich keine Geschwister hatte und nur einmal für kurze Zeit einen Hamster, musste ich zwangsläufig über meine Eltern schreiben. Ich schilderte einen gewöhnlichen Abend an unserem Abendbrottisch. »Thema verfehlt, in deinem Text kommt kein Mal ›Liebe‹ vor«, schrieb meine Lehrerin unter meinen Aufsatz. Den Satz schleppte ich lange Zeit mit mir herum. Und zwar wortwörtlich. Ich trug ihn in einem kleinen Ledersäckchen um meinen Hals, das ich gebastelt hatte. Darin hatte ich einen Kieselstein gelegt, den ich in diesem einen Gang zwischen den Hochhausschluchten auf dem Schulweg unter den anderen Millionen Steinen als besonders schön befand. Die Worte meiner Lehrerin hatte ich sauber aus meinem Aufsatzheft gerissen, eng zusammengerollt und dazugelegt.

Eigentlich war dieses Säckchen ein Geschenk von mir an meine Mutter. Ich dachte, es sei perfekt für sie. Am Tag der Übergabe sah ich es voller Stolz vor ihrer Brust baumeln. Eine Woche später lag es auf der Schlüsselablage im Flur. Als ich es ihr besorgt hinterhertrug, sagte sie, es würde nicht besonders gut zu ihrer Pulloverfarbe passen. Sie trug Schwarz. Als es dann irgendwann in meinem Zimmer zwischen meinen Gürteln hing, wusste ich, dass sie es einfach nicht mag. Ich war enttäuscht, stellte sie nie zur Rede und schenkte ihr aus Trotz von da an gar nichts mehr. Wie später bei Spenda glaubte ich auch damals, dass Gegenstände eine Seele hätten. Also kümmerte ich mich selbst um das Säckchen und trug es beinahe täglich. Manchmal, wenn sich meine Eltern einmal mehr emotionslos beim Essen gegenübersaßen, holte ich das Papierröllchen mit den Worten heimlich unter dem Tisch hervor, bewegte es zwischen Daumen und Zeigefinger und las sie in Gedanken wie einen Psalm. »Kein Mal Liebe.« Gewissermaßen waren es auch mahnende Worte an mich. Denn als ich beschloss, sie aufzubewahren, wurde mir klar, dass das mit der Liebe bei mir anders laufen muss.

Bevor die Ehe meiner Eltern scheitern konnte, scheiterte zuerst das Leben meines Vaters. Ich war elf. Es war ein Unfall. Als ich eines Mittags aus der Schule kam, standen Feuerwehr, Krankenwagen und ein paar schlecht gelaunte Polizisten vor unserem Turm. Oben angekommen, stand meine Mutter im Flur, die Haustür war offen, sie drehte sich zu mir um, legte ihre Hände auf meine Schultern und sagte eindringlich: »Dein Vater hat sich im Wandbett eingeklemmt, Lois. Er ist tot. Erstickt.«

Ich nahm das Unglück so an wie ein Kind, das alles glaubt. Doch seltsamerweise fühlte ich mich von da an beobachtet. Ich spürte die Blicke der Menschen in unserer Siedlung, selbst wenn ich mit dem Rücken zu ihnen stand, auch durch Wände hindurch. »Dass er nun wirklich dem lebendigen Gott widersprach ... meine Güte«, sagte eine Frau eines Tages kopfschüttelnd in meine Richtung, als sie an mir vorbeilief und mir mit mitleidigem Blick in die Augen schaute. Ich verstand kein Wort, schaute schnell zu Boden und lief weiter. Den Tod meines Vaters verewigte ich etliche Male auf Papier. Während die Bilder von Mirabel und anderen aus meiner Klasse leuchtende Sonnenblumenfelder zeigten, tuschte ich lose Gliedmaßen in dunklem Rot, die abstrakt aus der Wand ragten. Ich verschenkte die Bilder ungefragt zu Weihnachten, an Ostern und zu Geburtstagen. Die Wand hinter meinem Bett war zeitweise komplett zugehangen mit ihnen. Wenn man mich zum Motiv befragte, schwieg ich. Bis heute träume ich von meinem Vater, der mit seinem Kugelbauch strampelnd vergeblich um Hilfe schreit, kopfüber, zwischen Wand und Bettkasten geklemmt. Und ich, ich sehe dabei zu, will ihn retten, kann mich aber nicht bewegen. Nachts im Bett absorbieren die Kissen dann auch meine Schreie.

Ein paar Wochen nach seinem Tod verbrannte meine Mutter eine Kiste mit allen Fotos, auf denen er zu sehen war, im Sandkasten vor der Haustür direkt neben der Wäschespinne. Ich konnte das Lodern der Flammen noch vom 30. Stock aus sehen. Daneben sie, in der Hocke, umgeben von Rauchschwaden. Sie sah aus wie Rumpelstilzchen. Ein kleiner, gedrungener, böser Wicht. Ich ging zur Schrankwand, riss alle Fotoalben heraus und fand außer der Sammlung ihrer Dokumentation unseres Siedlungsbaus tatsächlich nur noch leere Seiten. Klebestellen auf Pappe. Nur ein einziges Foto klemmte da noch, halb durchgerissen, auf einer vorletzten Seite. Ich trennte es vorsichtig heraus und steckte es zwischen meine Bücher im Zimmer in der Hoffnung, dass sie es niemals finden würde.

Meine Mutter begann danach, noch größeren Wert auf gemeinsames Essen zu legen. So saßen wir Abend für Abend voreinander, stumm wie Fische, nachdem sie den standardisierten Fragenkatalog durchgegangen war, ohne mir dabei auch nur einmal in Ruhe in die Augen gesehen zu haben. Schule, Hausaufgaben, Essenswunsch. Danach kamen noch zwei, drei Anweisungen. Spülmaschine ausräumen, sich die Zähne heute bitte gründlicher putzen, Zimmer saugen. Ich antwortete brav, wenn auch einsilbig, ließ dabei den Kopf Richtung Teller hängen und schielte aus dieser Position ab und an zu ihr nach oben. Wenn ich sie so aus dem Augenwinkel beobachtete, sah ich sie appetitlos in ihrem Essen herumstochern, so wie sie es mir immer verboten hatte. Manchmal aß ich extra nicht auf, um eine kleine Diskussion zu entfachen.

Auf ihren Schoß setzte ich mich kaum mehr. Auch weil ich einfach zu groß dafür geworden und meine Mutter keine sehr große Frau war. Mein Körper hätte ihren fast vollständig verschluckt. Aber sie ertrug das mittlerweile einfach überhaupt nicht mehr, stand jedes Mal mit meinem letzten Bissen auf, ohne noch irgendetwas zu sagen. Während ich noch kurz sitzen blieb, hörte ich, wie der Rest auf ihrem Teller in den Mülleimer rumste. An zwei Händen konnte ich abzählen, wie oft sie abends noch auf meiner Bettkante saß. »Du bist jetzt ein großes Mädchen«, sagte sie mir eines Abends und näherte sich von da an meinem Zimmer kaum noch. Auch mittags war ich oft alleine zu Hause, aß das Essen, das sie mir vorher zubereitet hatte und ich mir nur noch warm machen musste, an meinem kleinen Schreibtisch. Jedes Mal fischte ich heimlich das Foto, das ich vor meiner Mutter hatte retten können, zwischen meinen Büchern hervor und lehnte es gegen den

Becher, wo meine Stifte drin waren. Vom vielen Rein- und Rausschieben raute die Bildoberfläche von Mal zu Mal mehr auf. Auch die Farben und Konturen veränderten sich langsam, so dass man meinen Vater bald kaum mehr erkennen konnte. Seine feinen Gesichtszüge und die spitze Nase. Das herzförmige Gesicht, der hohe Haaransatz. Und doch sah ich ihn immer wieder ganz genau vor mir, wie er sich am Abend zu mir ins Bett legte, um mir seine Lebensweisheiten vorzutragen. Jedes Mal nahm er dabei meine Hand und drückte sie bei jedem zweiten Wort ganz leicht. Ich spürte seine spitzen Fingerkuppen, als würden sie sich auch dann wieder in meine Haut pressen, während ich am Schreibtisch saß und aß. Er lag immer so nah neben mir, dass ich jedes seiner Barthaare wie unter einem Mikroskop sehen konnte, glaubte, seine Lungenhärchen wehen zu hören, während er sprach. Ich konnte mich voll und ganz auf seine Stimme konzentrieren und versank in seinen Worten, ohne irgendetwas von dem, was er erzählte, zu hinterfragen oder anzuzweifeln. Nie wäre ich auf die Idee gekommen, er könnte Lügengeschichten erzählen. Denn viele der Merkwürdigkeiten, die aus seinem Mund kamen, passten zur Wirklichkeit. Da waren die Selbstmordtauben auf den Straßen und die fremden Frauen, deren zaghaft hängende Mundwinkel laut meinem Vater das Zeichen sexueller Frustration wären. Und dass Christian aus meiner Klasse, der Störenfried, ein ADHS-Kind sei, war meinem Vater längst wegen seiner auffallend tief liegenden Ohren klar gewesen, die vor allem geistig eingeschränkte Menschen aufweisen würden. Einmal sagte er: »Die Eier glücklicher Hühner lassen sich nicht so gut schälen.« Bis heute schmeiße ich leicht zu schälende Eier in den Müll.

Ich glaubte ihm alles und erzählte vieles davon noch ungefiltert weiter, als er längst nicht mehr da war. Noch faszinierender als die Weisheiten waren seine Geschichten, die er sich ausdachte. Sie handelten meist von einem Mädchen oder einer jungen Frau – immer eine Heldin. Ich hatte das Gefühl, sie handelten von mir. Auch diese Geschichten trug ich weiter und besetzte die Figuren mit echten Personen aus meinem Leben. Meist erzählte ich sie so, als würde ich ein Theaterstück aufführen. Ausladende Gesten, verschiedene Stimmlagen und Rhythmen. Genau wie mein Vater es immer getan hatte. Es gefiel mir, wenn alle aufmerksam zuhörten. Und ich glaubte auch, meinen Vater zu spüren, wie er irgendwo von oben zu uns runterschaute. Ich wurde süchtig nach dem Gefühl, minutenlang alle Augen auf mich gerichtet zu sehen.

Heinrich war mein dankbarster Zuhörer. Anders als Mirabel konnte ich ihn schnell beeindrucken. Nur manchmal fragte ich mich, ob er mir eigentlich zuhörte. Nie machte er einen Mucks, selbst wenn er die Geschichte längst kannte. Er war wie ich damals mit meinem Vater im Bett. Ich weiß nicht genau, ob Heinrich mir wirklich immer alles glaubte, zumindest aber blieb er still. Meist versteckten wir uns in den Schulpausen im Schuppen hinter dem Sportplatz. Dort wurden die Geräte gelagert. Zwischen Recks und Böcken und elendig stinkenden Medizinbällen aus abgegriffenem Leder hatte man hier seine Ruhe vor kreischenden Mitschülern, springend, rennend, prügelnd. Und vor Lehrern, die, wenn sie gerade mal keine Boxerei schlichten mussten, trotzdem mit erhobener Stimme uns Schüler umherscheuchten. Eng an eng kauerten wir uns in eine der dunkelsten Ecken.

In diese Idylle platzte eines Tages Störenfried Christian. Draußen regnete es wie aus Eimern. Wie wir wollte er vor dem Regen fliehen und entdeckte uns in einer der hintersten Schuppenecken. Die Tropfen prasselten auf das Wellblechdach. Alles, was draußen auf dem Schulhof passierte, wurde durch sie übertönt. Ohne dass wir ihn davon hätten abhalten können, kam Christian angetrampelt und ließ sich neben uns plumpsen, während ich, statt ihn zu begrüßen, wie gewohnt begann, meine Geschichte zu erzählen, in der Hoffnung, er würde wieder verschwinden, wenn ich ihn nur lang genug ignorierte.

»Als meine Mutter mal in Amerika an der Ostküste war …«

»Wo genau?«, unterbrach Christian mich sofort. Ich verdrehte die Augen und sah ihn nun doch an. Mit zusammengebissenen Zähnen sagte ich: »Das weiß ich nicht, ist doch auch egal.« Dann drehte ich meinen Kopf wieder demonstrativ zu Heinrich und fuhr mit ruhiger Stimme fort: »Jedenfalls angelte sie dort.«

»Deine Mutter angelt!? Seit wann denn das?«, fragte nun Heinrich fast etwas belustigt. Er ließ sich offenbar von Christian und der Unruhe, die er hier reingebracht hatte, anstecken.

»Ja, also eigentlich nicht, aber als sie dort war, angelte sie halt. Jetzt seid doch bitte mal still und lasst mich erzählen.«

»Wann war denn das überhaupt?«, machte Christian weiter.

»Christian! Entweder du hörst jetzt zu oder du gehst. A oder B??«

»Ich wusste gar nicht, dass sie überhaupt mal weg war?!«, meinte nun auch Heinrich, bevor Christian antworten konnte. Ich wurde nervös. Die kritischen Nachfragen der beiden durchkreuzten meine monologische Darbietung, die ich doch so gut einstudiert und schon Hunderte Male vorgeführt hatte. Ich kam durcheinander, versuchte trotzdem weiterzusprechen: »Ich weiß es nicht genau. Es ist aber auch einfach völlig egal! Lasst mich meine Geschichte jetzt bitte mal erzählen!« Kurz herrschte Stille im Schuppen. Auch der Regen trommelte nicht mehr ganz so laut aufs Dach, die Stimmen vom Schulhof waren wieder deutlicher zu hören. »Also, kann ich weitermachen?!«

Die beiden nickten.

»Normalerweise fischte sie immer nur kleine Fische, jetzt aber hatte sie plötzlich etwas Schweres am Haken, das mächtig an der Angel zerrte. Ein Mann neben ihr musste helfen, sonst wäre sie direkt mit der Angel ins Wasser gefallen.«

Erwartungsvoll schauten sie mich an. Und ich war wieder drin, blickte geheimnisvoll in die dunkle Ferne, während ich, wie jedes Mal an dieser Stelle, kurz innehielt, um dann mit angsteinflößender Stimme kundzutun: »Sie hatte einen Hai an der Angel!«

Wenn mein Gegenüber ungläubig die Augenbrauen hochzog oder die Augen aufriss, wusste ich, dass ich auf dem richtigen Weg war. Heinrich und Christian aber, das sah ich auch im schwachen Licht hier drin, legten bloß zweifelnd die Stirn in Falten. Mit fester Stimme, als wäre ich Meeresbiologin, schob ich fachkundig hinterher: »Es war ein Katzenhai, also ein kleiner Hai.« Jetzt blickten sie mich nur noch ungläubiger an: »Gibt es in Amerika denn überhaupt solche Haie?«, fragte Christian. Ich nickte hastig, obwohl ich keine Ahnung hatte. Ich entschied, schnell und brachial zum Ende zu kommen, an dem meine Mutter das Gebiss dieses Hais in einer kleinen Schmuckschatulle aufbewahrte. Ich beschrieb die kleinen spitzen Zähne, als wäre ich tatsächlich mit meinen Fingern tausendfach über sie und die scharfen Kanten des feinen Kieferknochens gefahren. Nach meinem letzten Satz klingelte es endlich zur Stunde. Christian und Heinrich hatten keine Einwände mehr vorgebracht oder Fragen gestellt. Schweigend liefen wir durch die ewig langen Flure des Schulgebäudes zu unserem Klassenzimmer. Bevor wir es betraten, sagte

Christian mit niedergeschlagener Stimme: »Wie schlimm, dass deine Mama eine Tiermörderin ist.« Ich schwieg. Lieber machte ich meine Mutter zur Tiermörderin als meinen Vater zum Lügner.

Einzelne Sätze meines Vaters, gerade solche, die wie Zitate aus einer Enzyklopädie klingen, prägen mich bis heute. Sie lassen mich automatisch an ihn denken. Sie erinnern mich daran, mich an ihn zu erinnern. Immer wenn ich ein Ei schäle, höre ich also seine Stimme. Ich habe seine zu meinen Glaubenssätzen gemacht. In Gesprächen wiederhole ich sie salvenartig, so als würde ich mich durch sie rechtfertigen, mir erst durch sie eine Bedeutung zuschreiben können. Meine Mutter sagte mir immer schon, ich sei an dem Punkt genauso missionarisch wie mein Vater. Das war komisch zu hören, immerhin hasste sie diese Art an ihm.

Dass mein Vater mit seinen Theorien sehr wertend gegenüber seinem Umfeld war, fiel mir erst deutlich später auf. Für ihn hatte eigentlich jeder Mensch eine offensichtliche Schwäche. Ein Problem, eine Macke. Nur er selbst, so schien es, hatte keine nennenswerten Defizite. Die abwertende Abgrenzung von anderen bedeutete das eigene Aufwerten. Damals hinterfragte ich seine Art, über andere zu urteilen, nie, ich glorifizierte ihn bloß. Für ihn war ich offenbar perfekt. Aber was wäre gewesen, hätte ich ihm irgendwann nicht mehr gefallen? Ihm nicht mehr genügt?

Ich erinnere mich an meine Sportlehrerin in der Grundschule. Sie hatte ein im Vergleich zu ihrem Oberkörper breites Becken, das sie in ihrer Sportlichkeit jedoch keineswegs einschränkte. Wieso auch? Mein Vater nannte ihre breiten Hüften abfällig »Reiterhosen« und fragte, wie es sein könne, dass »so eine Frau« mit »solch einer Kiste« überhaupt Sportlehrerin werden könne. Bis heute schaue ich mich täglich im Spiegel an, überprüfe kritisch, ob sich links und rechts an meinen Oberschenkeln Fettkissen abzeichnen, schaue, wie breit mein Becken ist. Es war ein komischer Moment, als ich jene gebärfreudige Silhouette auch an meiner Mutter entdeckte.

Einen Fuß nach dem anderen setze ich auf die fünf Stufen ins OG Unsichtbar und strecke noch im Gehen die Hand nach der Türklinke aus. Die Tür, gerade mal ein Meter fünfzig hoch, führt direkt nach draußen. Da ist er wieder, dieser Luftzug beim Aufziehen der Stahltür. Ich muss mich ducken und versuche, halb auf allen vieren, ins Freie zu gelangen. Ich verbiege mich wie eine Schlangentänzerin. Hinter dem Durchgang kann ich wieder ganz normal stehen, auch wenn selbst bei meiner Größe die Decke nur wenige Zentimeter über meinem Kopf beginnt. Der Blick von hier oben ist noch immer beeindruckend. Ich muss mich nicht mehr halb über das Eisengeländer hieven, so wie damals, um darüber nach unten schauen zu können. Ich glotze in den Schlund, meine Haare wehen. Die Sonne ballert vom Himmel, der milde Wind kann ihr nichts anhaben. Ich schreibe Mirabel, wo ich bin. »Krass, da war ich vor fünfzehn Jahren das letzte Mal«, antwortet sie wenige Sekunden später. Sie ist schon mit sechzehn von zu Hause ausgezogen. Das wunderte mich damals, weil Mirabel sich eigentlich sehr gut mit ihren Eltern verstanden hatte. Aber sie wollte schon früh alleine leben, Eigenverantwortung übernehmen, die mich noch Jahre später überforderte. Es passte zu ihr. Ab ihrem dreizehnten Lebensjahr durfte Mirabel alles. Und mit einem Mal sah sie auch fast aus wie eine Erwachsene. Nachdem ich nackte Brüste zuvor ausschließlich an meiner Mutter und in den Fenstern fremder Wohnungen gesehen hatte, präsentierte Mirabel mir ihre voller Stolz, die scheinbar über Nacht zu einer ernst zu nehmenden Größe herangesprossen waren. Es dauerte nicht lange, bis sie einen BH trug und sich Einwegrasierer von ihrem Taschengeld kaufte, um sämtliche Stellen ihres Körpers von jedem einzelnen Haar zu befreien. Auch ich versuchte mich mit Rasierklingen und rasierte stundenlang Beine, Achseln und Schambereich unter der Dusche – obwohl da noch nicht ein Haar war. Zwischendrin schnitt ich versehentlich in die obersten Hautschichten, und das Blut floß über Minuten in den Abfluss. So musste sich Erwachsensein anfühlen, dachte ich. Mirabel färbte sich die Haare rot, dann schwarz, irgendwann blond. Irgendwann brachen ihre Haare durch die Bleichstoffe kurz unterhalb der Ohren, so dass ich sie ihr mit dem elektrischen Rasierer ihres Vaters auf etwa fünf Millimeter schor. Mit ihren großen Brüsten und vollen Lippen war sie auch damit noch sinnlich wie eine Lolita.

Wir waren vierzehn, als wir das erste Mal zusammen Drogen nahmen, im Badezimmer von Mirabels Eltern. Die waren über das Wochenende verreist. Das Brett aus Edelstahl unter dem Spiegel, auf dem wir das weiße Pulver mit Schülerausweisen zerdrückten, bekam hauchdünne Kratzer vom Granulat. Zwar waren sie nur in einem ganz bestimmten Winkel sichtbar, versetzten uns aber trotzdem in Panik. Manisch versuchten wir, sie mit Scheuermilch wegzubekommen. Dass deren feinkörnige Partikel im Schwamm alles nur noch schlimmer machten, sahen wir erst, als die Stelle trocken und frei von Schaum war. Wir überlegten lange, wie wir das kaschieren konnten. Am Ende kippte Mirabel Nagellack auf die aufgeraute Stelle und überließ das Putzen ihrer Mutter in der Hoffnung, sie würde glauben, es sei ihr selbst passiert. Unsere Gedanken drehten sich in dieser Nacht und auch in den folgenden Tagen ausschließlich um diese bescheuerte Ablage. Doch eigentlich ging es gar nicht um die Kratzer. Sie waren die Projektion unserer Reue, Drogen genommen zu haben. Das Gefühl verflüchtigte sich, je gewöhnlicher die Sache für uns wurde. Es dauerte nicht lange, und Mirabel hatte ein ernsthaftes Suchtproblem. Alles begann mit Hauke. Er wohnte in einem der Türme unserer Siedlung. Das war das Einzige, was wir von ihm wussten. Wer seine Eltern waren, wussten wir nicht. Auch nicht, auf welche Schule er ging und ob überhaupt. Oder woher er das ganze Geld hatte, um regelmäßig Drogen zu beschaffen, auch nicht, wie alt er war. Nichts wussten wir. Heinrich und ich fanden das merkwürdig, Mirabel und Hauke wurden trotzdem ein Paar. Das passte, denn niemand der beiden war so richtig an der jeweils anderen Person interessiert. Wichtig war nur, woher man die nächste Line bekam. Mirabels Blick war meist leer, die Pupillen so groß, dass bloß noch ein schmaler grünblauer Ring der Iris sie umschloss. Oder so klein, dass ihr die Augen fast zufielen. Pickel überall. Sie wirkte lustlos und desinteressiert. Irgendwann trug Mirabel nur noch schwarze Klamotten. Diese Gleichgültigkeit stand ihr nicht. Vielleicht war sie eine Art Tarnung, um ungesehen zu bleiben. Wie Essgestörte, die ihre Krankheit durch weite Kleidung maskieren oder so. Ich glaube, sie wusste, dass sie geradewegs ins Unglück steuerte. Doch auch das wirkte bei ihr gewissermaßen selbstbestimmt.

Sie widerte mich an. Ihr ganzes Wesen veränderte sich in diesem Jahr mit diesem Mann, der sie infizierte wie ein Monster. Trotzdem versuchte ich, mich immer wieder auf sie einzulassen, mich nicht abzuwenden und das, was ich doch so sehr an ihr mochte, zu manifestieren. Ich dachte, wenn ich es nur stark genug festhalte, wird auch sie sich wieder darauf besinnen und irgendwann zurückkommen. Zurück in unsere Welt, in die von Heinrich und mir und ja eigentlich auch ihr. Es war schwer, ihr nicht das Gefühl zu geben, dass ich ihr am liebsten ins Gesicht kotzen würde, jedes Mal, wenn sie wieder vollkommen benebelt vor mir saß. Sie nervte mich. Aber auch ich schien sie zu nerven. Natürlich merkte sie, wie ich sie verurteilte, wenn auch im Stillen, ohne viele Worte. Manchmal sagte sie etwas wie: »Bitte übertreib nicht, mir geht's gut.« Zum Beweis lief sie auf einer Linie, Fuß an Fuß, und führte gleichzeitig ihren Zeigefinger frontal auf ihre Nasenspitze zu. Wie bei einer Polizeikontrolle. Ich schubste sie um, im Spaß, umarmte sie dann. Ich glaubte ihr, musste ich ja, auch wenn es mir schwerfiel. Um mich in ihre Realität zu integrieren, wollte ich von ihr Dinge über Drogen erfahren. Wie sich Heroin anfühlt und ob Kokain nur psychisch oder auch physisch abhängig macht und so. Mich interessierte das alles kein Stück, und Antworten darauf konnte sie ohnehin nie richtig geben. Sie war wie eines dieser Foren im Internet, wo man eine Frage eintippt und nachher genauso ahnungslos ist wie vorher. Doch um was es mir ging, war etwas anderes. Es war der Austausch mit ihr. Manchmal fühlte ich mich, als stünde sie kurz vor dem Tod und ich sei diese eine Person, die ihr bescheuerte Fragen stellen muss, um ihr Herz-Kreislauf-System noch eine Stunde und vielleicht noch eine weitere am Laufen zu halten. Aufgeben kam für mich damals jedenfalls nicht infrage, das wäre mir zu einfach gewesen. Auch wenn sie sich wohl genau das gewünscht hatte, um meinen subtil abstrafenden Ausdruck im Gesicht nicht mehr ertragen zu müssen. Den Gefallen aber tat ich ihr nicht. Wenn sie an ihrer Sucht gestorben wäre, hätte ich mir so zumindest nicht vorwerfen können, dass ich nicht an ihrer Seite gewesen wäre. Und eigentlich spürte ich auch bei ihr, dass sie, ähnlich wie ich, doch irgendwie immer erleichtert war, wenn wir beieinander waren.

Deshalb feierten wir wohl damals auch zusammen Silvester. Natürlich war mir vorher klar, dass die Nacht mit hoher Wahrscheinlichkeit nicht gut enden würde. Zumindest fing sie schon skurril an, als uns äußerst zwielichtige Männer in einer Limousine bei ihr zu Hause abholten, von denen ich erst erfuhr, als sie schon bei Mirabel an der Haustür klingelten. Auf dem Weg nach unten, noch im Treppenhaus, erzählte sie irgendetwas von scheußlichem Regen und einem Schirm, der ihr gefehlt hätte, und einem Typen, der ihr zu Hilfe gekommen sei, sie mit seinem riesigen Schirm zur nächsten S-Bahn-Station begleitet und sie dann für heute Abend eingeladen hätte. Was auch immer, dachte ich. Mitmachen, um sie zu beschützen, mich selbst opfern, um Schlimmeres zu vermeiden. Vor der Tür stand dann tatsächlich eine Stretchlimousine. Darin saßen im schummerigen Licht vier Typen, alle in Anzug und Fliege, etwa fünfzehn Jahre älter als wir. Ich stieg ein, unwillig, machte es mir gemütlich und tat so, als sei so eine Situation geradezu alltäglich für mich. Wie bei Hunden, denen man seine Angst besser auch nicht zeigen sollte. So fuhren wir also durch die Stadt in diesem Ding, das sich wie ein mobiler Puff anfühlte, mit verdunkelten Scheiben und ohne Ziel. Die Männer gossen uns im Minutentakt die Gläser mit Champagner voll, der in kleinen Kühlschränken zwischen den fett gepolsterten Loungesitzen gelagert wurde, und alle zogen von Spiegeln und silbernen Löffelchen Koks. Immer wieder musste der utopisch lange Wagen hart abbremsen, weil Betrunkene und Übermütige Böller oder Flaschen auf die Straße warfen. Der Champagner schwappte ständig über die Sitze, unsere Röcke und Strumpfhosen wurden feucht. Und auch das weiße Pulver verteilte sich auf dem dunklen Teppich im Fußraum. Das Schwarzlicht tat das Übrige zu dem perfekten Set für ein Musikvideo voll billiger Klischees.

Irgendwann begann Mirabel, mit einem der Männer rumzumachen. Sie sah so widerlich dabei aus, dass ich stoisch aus dem Fenster ins Dunkel starren musste. Ein anderer griff kurz darauf motiviert und grob nach meinem Arm und zog mich zu sich über die zwei Meter Länge der Sitzbank. Er roch nach Rasierwasser und zuckrigem Haarwachs. Nicht unbedingt schlecht, aber viel zu erwachsen und abschreckend, wahrscheinlich war er Immobilienmakler oder Unternehmensberater. Es dauerte nicht lange, da spürte ich schon seine dünnen Lippen auf meinen. Er presste sie so fest auf meine, dass ich kaum atmen konnte. Dann begann er, seinen Mund zu öffnen und mir mit über 200 Beats per minute die Zunge hineinzustecken. Stakkato. Seine Haut rieb an meiner, die Bartstoppeln kratzten wie Schmirgelpapier. Mit voller Kraft stieß ich ihn weg. Ich müsse dringend auf Toilette, sagte ich vehement und versuchte, durch die brüllend laute Musik zu Mirabel durchzudringen. Sie schaute auf, und ehe wir uns auf irgendetwas verständigen konnten, lagen wir schon halb aufeinander auf der Straße. Bevor die Autotür von innen mit einem satten Ton wieder zugezogen wurde, brüllte einer noch, dass wir langweiligen Nutten uns gefälligst andere Idioten suchen sollten. Wir schauten einander schockiert an, als wir uns vom Asphalt aufrichteten. Die Situation war so absurd, dass ich diese Szene erst viel später als das erkannte, was sie war: sexistisch, übergriffig, gewaltsam und, wenn man ehrlich ist, ziemlich traumatisierend. Damals lachte ich bloß empört und auch irgendwie fröhlich darüber, dass nichts Schlimmeres passiert war. Mirabel stand schon wieder kerzengrade auf der Straße unter dem durch das Feuerwerk beleuchteten Silvesterhimmel, und als ich zu ihr aufsah, zückte sie ein Cap aus Plastik voll mit weißem Zeug und hielt es hoch wie eine Trophäe. Mit dem strahlenden Gesicht einer Märtyrerin sagte sie, dass es sich doch gelohnt hat.

Während Mirabel also immer tiefer in diesen ominösen Kosmos rutschte, hörte ich ganz auf, Drogen zu nehmen. Sie machten mich depressiv. Sobald die Wirkung nachließ, brauchte ich drei Tage, bis ich wieder ohne dieses dumpfe Gefühl in der Magengrube existieren konnte. Ungehindert schoss ich in einer Gedankenspirale immer weiter nach unten. Alles und jeder schien gegen mich zu sein oder mir zu misstrauen. Und auch ich misstraute jedem, am meisten aber mir selbst. In dieser Phase war ich mir so fremd, dass ich mich manchmal von außen beobachten konnte und es sich anfühlte, als würden noch nicht mal mehr meine eigenen Körperteile so richtig zu mir gehören. Wie ein kleines Kind sehnte ich mich dann nach harmlosen und unschuldigen Zeiten zurück, nach den unverbrauchten Gedanken eines kleinen Mädchens. Um das zu kompensieren, war ich an diesen Tagen besonders hilfsbereit im Haushalt, legte mich auf den Teppich in Embryonalstellung oder schaute das Abendprogramm für Kinder im Fernsehen. Und ich suchte die Nähe zu meiner Mutter, die es ja doch nicht gab.

Mirabel blieb noch eine Weile mit Hauke zusammen und damit auch liiert mit dem Dreckszeug. Doch genauso schnell, wie sie ein Paar wurden, war es auch wieder vorbei mit den beiden. Mit der Trennung färbte sie sich die Haare wieder blond, und es war, als wäre nichts gewesen. Ich sprach sie nie wieder darauf an.

Ich schicke ihr ein Video von meiner Spucke, die nach unten in den Abgrund rast. Mirabel weiß sofort, um was es geht. Um das Damals, als noch alles gut war.

Die Köpfe meiner Pflanzen hängen bis zum Boden, so als würden sie wissen, was los ist. Sie sehen aus, als hätte ich mich seit einer Woche nicht mehr um sie gekümmert. Ich habe ein schlechtes Gewissen, dabei habe ich sie doch erst vor wenigen Tagen gegossen. Spinnt nicht so rum, denke ich. Aber sie verharren in ihrer tristen Position. Sanft streiche ich ihnen über die sattgrünen Blätter, gebe ihnen Wasser. Ein bisschen zu viel, es tritt über. Eine kleine Pfütze sammelt sich auf dem Dielenboden, breitet sich langsam in den Fugen aus. Ich müsste ein Tuch holen, das Holz trocknen. Aber ich beobachte lieber, wie die Pflanzen dürstend das Wasser aus den Untersetzern absorbieren. Es dauert nicht lange, bis sie sich wieder aufgerichtet haben. Wenn nur alles so einfach wäre.

Etwa fünfzig Minuten später sitzen mein Freund und ich auf einer Bank in seiner Straße. Ich wusste, dass er zu Hause ist und habe ihn spontan runtergeklingelt. Das Wetter meint es gut in diesen Tagen, die Sonne scheint auch heute wieder. Sie gibt alles. Ich habe Gänsehaut von der trockenen Wärme, die in der Luft hängt. Sie umhüllt unsere Körper. Auf meiner Oberlippe bilden sich Schweißperlen, die ich erst bemerke, als er sie mir liebevoll mit seiner lauwarmen Zunge wegleckt. Wir sind vertraut miteinander, da schmecken sämtliche Körperflüssigkeiten des anderen so gut wie die eigenen. Er fragt, wie es bei meiner Mutter war. Ich erzähle ihm, dass wir uns ungewohnt nah waren. Dass mich das Gespräch mit ihr noch immer beschäftigt, erwähne ich nicht. Ich habe das Gefühl, dass ich das erst mal für mich behalten sollte.

Ein Pärchen schleicht an uns vorbei, 80-jährig vielleicht. Er scheint älter als sie, zumindest schwächer – sie stützt ihn beim Gehen. Liebevoll, aber fachmännisch. Es sieht aus, als würde das schon lange so gehen. Wie einstudiert setzen sie, eng umschlungen, im Gleichschritt einen Fuß vor den anderen. Wir beobachten sie beide, ohne miteinander zu reden. Erst jetzt sehe ich, dass sie sogar Händchen halten. Sie greift seine linke, die auf ihrer Hüfte liegt. Sie trägt gepflegte, rot lackierte Nägel. Nur an ihrem Handrücken mit all den veränderten Pigmentierungen auf dünner Haut, unter der sich deutlich Adern und Knochen abzeichnen, erkennt man, dass sie schon eine ganze Weile auf dieser Welt ist.

»Stell dir mal vor, irgendwann werden wir auch nur noch so langsam laufen können«, unterbricht mein Freund unsere stillen Gedanken.

»Furchtbar«, antworte ich.

»Aber das ist doch der normale Verfall ...«

»Wer sagt denn, dass das normal ist?«

»Na, das siehst du doch.«

»Ich weiß ja nicht, ob ich das ertragen kann, wenn ich merke, dass es losgeht. Ich will lieber für immer so alt bleiben wie jetzt – oder einfach vorher sterben.«

»Alt zu werden ist doch schön! Im besten Fall wird man immer weiser.«

»Irgendwann bringt es dir auch nichts mehr, weise zu sein, wenn dein Kopf zu langsam geworden ist oder du den Anschluss in der Welt verloren hast oder was auch immer.«

Kurz noch beobachten wir die beiden, wie sie sich weiter im Schneckentempo von uns entfernen. Mit ihrem Mund ganz nah an seinem Ohr sieht es aus, als würde die alte Dame ihrem Mann den ganzen Weg über zuflüstern, dass sie keine Eile hätten und er sich alle Zeit der Welt lassen könne.

»Zeit ist schon ein merkwürdiges Konstrukt. Findest du nicht auch?«, frage ich, ohne meinen Freund dabei anzusehen.

»Wieso?«

»Na, was sind denn bitte Jahre, Tage, Stunden?«

»Na ja. Es sind Jahre, Tage, Stunden.«

»Aber es könnte doch auch sein, dass wir nicht alle 365 Tage, sondern alle 150 das neue Jahr feiern.«

»Ja. Könnte. So ist es aber nun mal nicht.«

»Und genau das finde ich komisch! Wieso richten wir uns alle einfach danach? Das ist alles nur konstruiert, damit wir beruhigt sind, weil wir uns an etwas orientieren können. Das ist doch bescheuert!«

»Das ist nicht bescheuert. Es ist halt einfach schon immer so gewesen. Seit Jahrtausenden.«

»Woher willst du das denn wissen?«

»Jeder weiß das. Zumindest muss sich jeder daran halten, um in dieser Welt mitmachen zu können. Schau dich doch um. Da liegt doch überall die Antwort.«

»Hm. Aber weißt du denn, was war, bevor du geboren wurdest? Also ich weiß das auf jeden Fall nicht ...«

»Natürlich! Da waren meine Eltern und davor meine Großeltern und davor deren Eltern und so weiter. Sie alle haben sich an die Zeit gehalten. Ich verstehe gerade überhaupt nicht, woran du zweifelst, ganz ehrlich.«

Ich denke kurz nach und frage mich, ob mich meine Mutter vorhin angesteckt hat mit ihrem Unglauben an Systeme.

»Ich zweifele, weil ich nicht dabei war. Und du siehst doch, was Zeit bedeutet: nichts. Manchmal fühlt sich ein Tag an wie eine Woche und manchmal eine Woche wie ein Tag. Daran merkt man doch, wie wenig Sinn das alles macht. Und der Tod wird ja sowieso kommen, wann er will. Ungefragt, ungeplant, unerwartet«, sage ich.

»Ach komm, Lois, wir gehen nach Hause und machen Liebe, statt an den Tod zu denken.«

Er steht von der Bank auf, bevor er seinen Satz zu Ende gesprochen hat. Beim Aufrichten nimmt er meine Hand.

Fest und bestimmt. Etwas unsanft zieht er mich am Arm mit nach oben. Mir bleibt nichts anderes übrig, als mich ebenfalls zu erheben. Ich muss grinsen, dabei würde ich viel lieber heulen. Er hat das Talent, mich ernst zu nehmen, ohne mich zu ernst zu nehmen. Er schaut schon in die Richtung, in die wir müssen, als ich noch kurz zögere, ob wir tatsächlich direkt nach Hause gehen sollten. »Komm«, sagt er zu mir. Nicht laut, aber eindringlich. Nun wirft er mir noch einen lüsternen Blick zu, völlig überzogen, legt seine Stirn in Falten wie ein Dandy und streicht sich mit der freien Hand durch seine ungemachten Haare. Ich gehe mit.

Dann ein Geistesblitz. Mein Gefühl sagt ganz deutlich, dass Zeit, was immer sie sei, mir zu kostbar ist, um sie mit Personen zu teilen, mit denen sie sich am Ende wertlos anfühlt. Mit meinem Arm in seinen gehakt lenke ich ihn durch die Stadt, an allen vorbei, die uns begegnen, uns aufhalten könnten. Er spürt, wie eilig ich es habe, dabei haben wir beide keine Termine. Er fragt nicht wieso, er kennt diese ewige Hetze, mit der ich durchs Leben ziehe. Ich spüre mich so stark wie noch nie und bin unglaublich weit weg von mir.

Wir beschließen, doch noch nicht nach Hause zu gehen, sondern ins Museum. Dahin, wo mittags um diese Uhrzeit und bei so einem Wetter kaum jemand ist. Dinge dann zu tun, wenn sie kein anderer tut, gibt mir ein merkwürdiges Gefühl von Überlegenheit. Es dauert nicht lange, und wir stehen vor den meterhohen Leinwänden der Alten Meister, die vor Jahrhunderten pastos die Ölfarbe mit Pinseln aufgetragen haben. Ihnen gegenüber fühlt man sich klein und unwichtig, weil man sicher niemals irgendetwas ähnlich Bedeutendes hinterlassen wird. Den Akt an sich, sich Kunst anzuschauen, mag ich eigentlich nicht. Es ist nicht so, dass ich mit ihr nichts anfangen könnte. Mir fehlt aber die Geduld, minutenlang vor ein und demselben Gemälde zu stehen, bei dem sich ja doch nichts mehr verändert. Oder Dinge darin zu analysieren, die man ja doch nie beweisen können wird. Mein Freund hingegen liebt das alles. Manchmal verweilt er für Stunden vor einer Malerei. Und ich wiederum liebe es, ihn dabei zu beobachten. Mein Kunstwerk, das ist dann er. Nicht immer spürt er meine Blicke. Das gefällt mir dann besonders. Wenn er sich so konzentriert, riecht er an seiner Hand, als würde es ihn noch mehr von dem, was um ihn herum passiert, abkapseln. Sein Fokus wird noch intensiver. Nur er und das Objekt vor ihm. Bevor er dran riecht, leckt er noch seinen Handrücken an. Das ist kaum sichtbar und dauert nicht mal eine Sekunde, aber ich sehe es genau. Seine getrocknete Spucke auf seiner trockenen Haut. Manchmal sieht er aus, als sei er süchtig nach dem Geruch. Ich bin süchtig nach dem seines Atems. Genau jetzt trete ich direkt vor ihn, lege meine Arme um seine Hüfte. Ich bin genau so viel kleiner als er, dass seine Augen noch immer das Bild fixieren können. »Atme«, befehle ich ihm flüsternd. Er weiß genau, was ich will. Manchmal liegen wir stundenlang so da, und er atmet mich aus seinen beiden schmalen Nasenlöchern an. Ich kann dann die Reinheit seiner Seele riechen, glaube ich. Ich erinnere die Zeit, in der ich das nicht mehr ertragen, als ich ihn einfach nicht mehr riechen konnte. Nicht seinen Atem und auch nicht seine Kopfhaut, nicht seinen Schweiß und nicht den Geruch seiner Haut. Nicht, weil seine Seele nicht mehr rein war, bestimmt nicht, vielleicht war nur meine es nicht mehr. Ich weiß es nicht genau. Aber damals stimmte nichts mehr zwischen uns. Ich glaube, diese Form der Dissonanz ist das eindeutigste Zeichen dafür, dass etwas nicht mehr funktioniert. Und jetzt stehe ich hier vor ihm, so nah mit meiner an seiner Nase, und glaube, mich niemals mehr vom Fleck bewegen zu können, niemals mehr ohne seinen Luftstrom, der in regelmäßigem Rhythmus über seine Lungen und Nebenhöhlen nach draußen strömt, sein zu wollen. Es ist verrückt, wie sich die Momente miteinander wieder drehen können, wo man sich doch so sicher war, dass man nie wieder füreinander fühlen wird.

Dieses Anatmen ist gewissermaßen mein Fetisch. Er weiß das nicht. Ich schone ihn vor dem Gedanken, austauschbar zu sein. Mich jedenfalls würde es umbringen, zu erfahren, dass er dieselben Dinge mit einer Frau vor mir hatte wie mit mir. Nicht etwa das Alltägliche. Es geht um genau solche Dinge, von denen man den Freunden mit leuchtenden Augen erzählt, während sie laut auflachen, weil es so albern klingt. Diese gewisse Absurdität, die man nur mit diesem Jemand teilen kann, die einen zu einem Team voller Insider, zu etwas Besonderem in der Einheit macht. Niemandem darf man verübeln, dass es ein Leben mit jemand anderem gab. Nur deshalb können wir ja so sein, wie wir dann sind. Denjenigen gerade deshalb lieben, weil er ist, wer er dann ist. Die Geschichte der eigenen Existenz setzt sich aus unendlich vielen Schichten zusammen, die nur in der Summe Sinn ergeben. Und auch die gemeinsame Existenz baut sich aus immer mehr Schichten auf, von Tag zu Monat zu Jahr. Und trotzdem tut das Realisieren dieser Realität weh, das Wissen, dass vorher eine ähnliche Verbundenheit zu anderen da gewesen sein muss. Jedes Mal redet man sich dann ein, dass man genau diejenige ist, mit der alles anders sein wird. Der Glaube daran, die Hoffnung darin, etwas ganz Spezielles zu sein. Beim Startschuss der gemeinsamen Zeit beginnt jeder, verliebt wie man ist, die gemeinsame Geschichte zu erzählen. Eine, die gut oder schlecht enden kann.

Er atmet mich noch immer brav an. Seit geschlagenen 15 Minuten stehen wir vor demselben Bild. Plötzlich lachen wir beide laut und lösen uns aus unserer Position. Sein Magen hat eben geknurrt wie ein Seeungeheuer.

Mein Kühlschrank ist leer, wie immer. Meine Mutter sagte mir einmal, dass das ein Zeichen subtiler Selbstbestrafung sei. Es klingt nach einer Theorie meines Vaters. Ich glaube eher, dass mich eine gewisse Häuslichkeit abschreckt. Bei anderen mag ich das, Vorratskammern und volle Kühlschränke, weil es gesellig ist, wenn immer etwas zum Konsumieren da ist. Es ist aber eben auch ein Zugeständnis zum erwachsenen Dasein. Zum Angekommensein. Was immer das heißt. Ich frage mich, wieso man das jemals will. Dieser Stillstand, der damit einhergeht, macht mir Angst. Mein Freund sieht das anders. Wir haben schon oft darüber gesprochen und sind deshalb aneinandergeraten. Auch jetzt ärgert er sich wieder darüber, dass mein Kühlschrank gerade mal für ein Ei und zwei Schluck Milch tosend laut brummt. Er sagt nichts. Stampft dafür umso energischer durch die Küche. Mit automatisierten Handgriffen öffnet er ruckartig die Schubladen, eine nach der anderen. Zuletzt die, in der manchmal noch Nüsse oder versteinerte Reste Brot liegen. Bis zum Anschlag zerrt er sie heraus, so dass alle Gewürze darin umkippen, und schubst sie unachtsam wieder zu. Mit einem lauten Seufzer lässt er sich auf den Stuhl sacken. Ich ignoriere ihn, habe keine Lust auf eine Diskussion, in der er mich ja doch nur wieder spüren lässt, wie wenig Frau ich in seinen Augen bin.

»Und, gibt's mal wieder Kartoffeln?«, fragt er, als ich nun in den Behälter unter der Spüle schaue, wo sie normalerweise lagern.

»Ich wollte nur eben nachsehen, ob noch welche da sind«, antworte ich.

Es ist tatsächlich das einzige Lebensmittel, das ich regelmäßig kaufe, weil es relativ lange hält und man so ziemlich alles damit machen kann. Kochen, braten, stampfen. Schmecken tun sie immer. Sogar ohne alles. Und sie machen satt.

»Oh man ey, bitte nicht schon wieder!«, ruft er und steht plötzlich ganz nah hinter mir. Ich schließe schnell die Schranktür und drehe mich zu ihm. Er wirkt viel größer als sonst, schaut von gefühlten zwei Metern zu mir runter. Früher fand er meine Liebe zur Kartoffel süß, nannte mich »meine Kartoffelprinzessin«. Gerade scheint diese Knolle bloß noch Symbol für das Schlechte zwischen uns. Er setzt sich an den Küchentisch. Ich drehe mich wieder zum Spülschrank, um noch mal in Ruhe nachzusehen.

»Ganz ehrlich, Lois, ich weiß echt nicht, ob ich mein Kind später jemals alleine mit dir lassen kann. Das wird doch an einseitiger Ernährung verenden …«

»Wie bitte?!« Ich drehe mich nicht um, höre nur für einen Moment auf, in dem Eimer nach brauchbaren Kartoffeln zu wühlen.

»Was verstehst du daran nicht?«, fragt er zurück. Ich atme schwer und warte auf eine Auflösung, warte darauf, dass er das zurücknimmt, es als Scherz verpackt. Verstohlen wühle ich weiter im Schrank, obwohl ich längst gesehen habe, dass die hellgrünen Triebe an den Kartoffeln fast größer sind als manche der Knollen selbst. Ich pule die hübsch geformten Sprosse ab, vielleicht merkt er es ja nicht, denke ich. Jetzt steht er wieder genau hinter mir, schaut mir über die Schulter. Er lacht laut auf, als hätte er es nicht anders erwartet. Ich fühle mich ertappt und winzig, so wie damals, wenn der Freund meiner Mutter zu mir sagte, wie klar es doch gewesen sei, dass ich *wieder mal* zu spät nach Hause gekommen bin. Oder *wie immer* den Teller habe auf dem Küchenboden zerschellen lassen. Oder *wie jedes Mal* erst nach Salz gefragt habe, bevor ich sehen konnte, dass es doch direkt vor meiner Nase steht. Das Früher im Jetzt. Immer, wieder, jedes Mal – ekelhafte Füllwörter, die ja doch viel mehr als das bedeuten. Ein schwacher Mann war er, der alles in Systeme packen musste, um Kontrolle zu bewahren. Und stur. Mit dem Einfühlungsvermögen eines Regenwurms, sagte Mirabel einmal über ihn.

Was wir jetzt essen, fragt mich mein Freund. Ich zucke mit den Schultern, während ich die Kartoffeln mit einem Satz in den Mülleimer rumsen lasse. Ich bin beleidigt. Seine selbstgefällige Art hat mir die Laune vermiest. Dass ich gar keinen Hunger mehr habe, antworte ich ihm. Ich will kurz alleine sein und gehe duschen. Schon auf dem Weg ins Badezimmer ziehe ich mich aus. T-Shirt, Jeans, Socken, Unterhose liegen wie Spuren durch einen Wald im Flur direkt bis vor die Badezimmertür. Ich lege ihm aber keine Spuren. Trotzdem versteht er meine Nacktheit als Einladung. Ich werde noch wütender, als ich merke, wie einfach er gestrickt zu sein scheint. Er gibt einen provokant sexualisierten Laut von sich, als er mich im Bad von hinten umarmt und seinen bekleideten Schritt an meinem blanken Hintern reibt. Ich drehe mich um, würdige ihn keines Blickes, steige an ihm vorbei in die Dusche. Jetzt seufzt er, so als wäre es ihm schon die ganze Zeit klar gewesen, dass unser Zusammentreffen an diesem Tag *wieder mal* genau so enden würde wie jetzt. Und dass das einzige Vertrauen in uns das in unser Scheitern ist.

Das warme Wasser läuft über meinen Körper in die Wanne, es prasselt laut auf weiße Keramik. Trotzdem höre ich jede seiner Bewegungen. Er sitzt auf der Toilette und knipst sich die Fingernägel raspelkurz, so wie er es am liebsten hat. Eigentlich mag ich es, wenn wir nebeneinander Dinge machen, die nicht direkt etwas miteinander zu tun haben. Man ist für sich und doch nicht alleine. Das ist eine schöne Selbstverständlichkeit. Gerade aber ist es anders. Der Duschvorhang zwischen uns wirkt eisern, dieses bloße Stück Stoff, das uns voneinander trennt, als hätten wir ganz plötzlich gar keine Verbindung mehr zueinander. Zusammen, aber alleine. Ich weiß ja, dass dieses Gefühl genauso schnell, wie es gekommen ist, wieder verschwinden kann. Doch gerade ist es so verdammt niederschmetternd.

Ich kann diese unterkühlte Nähe nicht ertragen und dusche so lange, bis er aus dem Bad geht. Ich möchte nicht, dass er mich splitterfasernackt sieht, würde mich ihm zu ausgeliefert fühlen, ohne Schutz vor seinen Blicken auf all meine Schwachstellen. Er könnte es ausnutzen und mich durch gezielt verunsichernde Blicke auf meine selbst ernannten Problemzonen hinweisen.

Und dann reiße ich mich doch zusammen, versuche, mein Gemüt wieder auf Anfang zu spulen. Nackig und nur halb abgetrocknet tapse ich aus der Dusche und finde ihn auf dem Sofa. Ich stelle mich vor ihn und ziehe ihn zu mir hoch. Für eine Sekunde scheint er sich zu wehren und richtet sich dann doch vor mir auf. Ich umarme ihn, lege dabei mein Kinn in die Kuhle an seinem Schlüsselbein und schlage ihm vor, draußen etwas essen zu gehen.

Knapp zwei Stunden später sind wir wieder zu Hause und liegen im Bett. Er liegt am Fußende, ich oben. Wir beobachten einander. Mir fällt wieder seine schöne Nase auf. Ich stehe auf Nasen. Ich selbst habe eine, die ich manchmal gut finde, manchmal furchtbar. Das liegt am Winkel: Mein eines Profil sieht aus wie das einer Kuh (mag ich), das andere wie das einer Ratte (mag ich nicht). Das hatte mir Heinrich erklärt, als wir noch klein waren. Seitdem sehe ich das auch so. Manchmal stehe ich vor dem Spiegel und drehe meinen Kopf abwechselnd nach links und rechts. Kuh – Ratte – Kuh – Ratte.

Wir schweigen. Es ist wieder das schöne Schweigen. Ich fühle mich ihm wieder so nah, dass ich ihn gerne mit jeder Zelle in mir aufnehmen würde, um ihm noch näher zu sein. Mir reicht es nicht, dass wir uns berühren. Es ist dieses Verlangen, den anderen zu besitzen, eins mit ihm zu werden. Mein Organismus würde ohne ihn nicht mehr funktionieren. Da bin ich mir gerade ganz sicher. Überwältigt von dem Gefühl kneife ich ihn in den Fuß, der auf Höhe meines Kopfs liegt. Er schreit auf.

»Aua, was soll das?«

»Entschuldige, das musste gerade sein.«

Ich schließe die Augen, reiße sie kurz darauf wieder auf und frage: »Was denkst du?«

Das machen wir oft, wobei wir wissen, dass wir beide meist nicht genau das sagen, was wir tatsächlich in diesem Moment denken. Nicht unbedingt, weil wir uns dafür schämen oder so. Es ist eher deshalb, weil die totale Offenbarung seines Innersten auch nach einem Jahr noch eine der größten Hürden scheint. Diese Verheimlichung ist wie ein Selbstschutz. Und auch der Schutz des anderen vor dem eigenen wankenden Gang durchs Leben, genauso vor der Liebe für den anderen, die ja auch mal ganz oben und dann wieder weiter unten scheint. Ich will lieber nicht alles preisgeben, bevor ich etwas ausspreche, das ich ja doch nicht für immer aufrechterhalten kann. Eine ernüchternde Erkenntnis, die mich aber stark macht, weil ich glaube, damit alles unter Kontrolle zu haben. Dabei ist es ja eigentlich genau andersrum: Man ist schwach, weil man Angst vor Verantwortung für den anderen und die eigenen Gefühle hat.

»Ich denke gerade daran, wie es wäre, wenn du nicht mehr bist.« Sein Satz trifft mich unerwartet. Ich fühle mich ertappt, vergrabe meinen Kopf sofort ins Kissen, damit mich meine Gesichtsfarbe nicht verrät. Meine Ohren, die aus der weißen Bettwäsche rausgucken, werden leuchten wie Sirenen in der Nacht, ich weiß das. Ich hoffe, er bemerkt es nicht, spricht mich nicht darauf an, sonst wird es nur noch schlimmer.

»Hey, macht dich der Gedanke traurig, oder was?«, fragt er mich mit vorsichtiger Stimme. Ich nicke wie ein kleines, bockiges Kind, noch immer verstummt.

»Entschuldige, das wollte ich nicht.«

Jetzt schießen mir sogar Tränen in die Augen. Ich muss noch für einen Moment in die Daunen atmen. Wenn ich ihn nicht sehe, wird er mich auch nicht sehen.

»Was ist denn los?«, höre ich ihn weiterfragen, fast schon besorgt.

Statt an meinen muss ich, vergraben in die Kissen, an den Tod meines Vaters denken. Über seinen frühen Tod weiß mein Freund Bescheid. Doch über die Fragen, die mir niemand beantworten kann, habe ich nie mit ihm gesprochen. Wie genau er gestorben sein könnte. Oder wieso meine Mutter alle Fotos verbrannt hat. Was würde das auch bringen, gemeinsam zu spekulieren? Am Ende würde es bedeuten, gemeinsam wahnsinnig zu werden. Auch von den toten Tauben habe ich ihm nie erzählt, meinem Sinnbild gescheiterter Existenzen. Von diesen Viechern, die das so wollten, also sterben. Einmal schaute er in das Buch, in das ich meine Träume schreibe. Mehr heimlich, als dass ich es ihm erlaubt hätte, aber es war schon okay. Ich glaube, dass ihm die Texte etwas Angst gemacht hatten. Ich sprach ihn nie darauf an.

Ich nehme einen tiefen Atemzug und richte mich wieder auf, schaue ihm direkt in die Augen. Über der schönen Nase auch sehr schöne Augen, denke ich mal wieder und lächle ihn an.

»Na, was gibt's da jetzt zu schmunzeln?«

Ich robbe mich zu ihm ans Fußende und starre ihm mit gerade mal zehn Zentimetern Abstand direkt in die Augen.

»So schön«, sage ich.

Jetzt muss auch er lächeln. Seine gesamte Augenpartie legt sich in feine Fältchen, das sehe ich in der Unschärfe. Ich mag, dass er für sein Alter schon so viele davon hat. Mirabel sagte mal, es sei ein Zeichen dafür, dass jemand viel lacht. Das tut er tatsächlich. Aber auch, weil er es kann. Völlig neidfrei möchte ich sagen, dass er ein Leben führt, das weitgehend ohne Probleme verläuft. Weil er alles hat, was man so braucht, um zufrieden sein zu können. Geld und Liebe und Gesundheit und Schönheit. Vertrauen. Eine Familie, Freunde und mich, seine Frau. Manchmal denke ich, dass das ja gar nicht sein kann. Dass irgendwo Dinge in ihm schlummern müssen, die auch ihn beunruhigen. Und hier kommt meine Theorie des kosmischen Ausgleichs wieder ins Spiel: Jeder Mensch auf diesem Planeten *muss* irgendeinen Schicksalsschlag erleiden. Meinen kenne ich inzwischen.

Wir werfen eine Münze für heute Abend: Bier unten in der Kneipe oder hier oben im Bett bleiben. Ich weiß eigentlich schon, dass ich rauswill, mich ablenken. Wie immer landet das Geldstück genau auf der anderen Seite.

»Lass uns bitte rausgehen«, rufe ich euphorisch.

Er lacht, weil dieses Spiel jedes Mal keinen Sinn macht, ich es aber trotzdem immer wieder spielen will. Mit einem Satz springe ich auf die Matratze. Meine Füße sacken ein, ich rudere mit den Armen und falle wie ein nasser Sack auf ihn. Er schreit gespielt theatralisch und beginnt, mich zu kitzeln. Es gibt nichts anderes auf der Welt, dass mich so sehr in diesen einen Moment holt. Alle Aufmerksamkeit ist dann auf dieses schrecklich schöne Gefühl gelenkt, das seine Fingerkuppen auf meiner Haut auslösen, wenn sie sich hektisch über meinen Körper bewegen. Alle Nerven in ihr drehen durch. Ich brülle vor Lachen. Ihn steckt meine Hysterie an. Immer wieder versuche ich, mich mit aller Kraft dagegen zu wehren, das Spiel umzudrehen. Es klappt nicht, er ist stärker. Wie zwei kleine Kinder strampeln wir minutenlang mit unseren Armen und Beinen umher, verbiegen uns, bis wir schwitzen.

»Meinst du, irgendwann werde ich erwachsen sein?«, frage ich ihn, als wir erschöpft wieder ruhig nebeneinanderliegen.

»Ich hoffe nicht«, sagt er und nimmt mich fest in seine Arme. Nach der Ekstase fühle ich mich noch tiefer verbunden mit ihm.

»Du findest mich also nicht erwachsen?«

Wieder lacht er. »Nein, das habe ich nicht gesagt. Natürlich bist du erwachsen. Aber ich hoffe, dass ich so was wie eben mit dir auch noch haben kann, wenn wir 100 sind.«

Ich drücke ihn noch ein bisschen fester an mich.

Ob meine Mutter wohl jemals so ausgelassen war wie wir? Immerhin war auch sie mal jung. Ich kann mir das kaum vorstellen. Mein Freund sagte neulich, nach einem unserer Kitzelkämpfe, dass sie, also meine Mutter, die noch minderjährig Verantwortung für sich übernehmen musste, durch die konstruierte Unabhängigkeit von ihren Eltern, später von ihren Partnern und selbst von mir, ihrer Tochter, nie wirklich ausgelassen sein konnte. Loslassen können, sich unbeschwert fühlen, das könne nur, wer keine Sorgen hat. Aber ich sorge mich doch auch ständig, erwiderte ich.

»Ernsthafte Sorgen meine ich«, sagte er bloß und verdrehte die Augen. Er und ich haben oft darüber gesprochen. Als wir vor einiger Zeit überlegten, welches Thema uns im Leben von Beginn unserer Erinnerungen an beschäftigt, sagte ich, die Angst davor, andere zu enttäuschen. Das war ein sensibles Zugeständnis, fand ich. Wir analysierten es und kamen am Ende darauf, dass die Angst davor, andere zu enttäuschen, eher diejenige ist, mich selbst zu enttäuschen, weil ich glaube, andere hätten Erwartungen an mich.

Dann war er dran und antwortete auf die Frage mit dem Wort Leichtigkeit. Ich schaute ihn an, fast empört.

Ob das sein Ernst sei, fragte ich ihn dann. Ich sah es fast als Verhöhnung.

»Seit du bewusst denkst, geht es bei dir um Leichtigkeit in deinem Leben?«

»Es ist jedenfalls ein Versuch, ja.«

»Als ob man mit drei Jahren aktiv darüber nachdenken kann. Das klingt extrem versnobt!« Ich war sauer über seine Überheblichkeit. »Es gibt Tausende Sachbücher über die Leichtigkeit des Seins, und du denkst darüber einfach nach, seit du weißt, dass du existierst, oder was?!«

Wir diskutierten weitere zwei Stunden darüber, bis er irgendwann sagte, dass er wohl die Frage nicht richtig verstanden habe. Ich glaubte ihm kein Wort und sah es bloß wieder als eine Bestätigung dafür, dass er überzeugt ist, das geilste Leben überhaupt zu führen. Ein Sonnenkind, dem alles gelingt. Dein Tag wird schon noch kommen, an dem du auffliegst, dachte ich damals. Ich schämte mich direkt danach für den Gedanken, weil ich ihm damit ja etwas Böses wünschte. Natürlich meinte ich das nicht so. Aber ich erhoffte mir schon, dass er irgendwann vielleicht erkennen würde, dass nicht alles immer so einfach ist, wie er glaubt. Aber auch dieser Gedanke war kein guter, den ich also schnell versuchte zu vergessen. Ich behielt ihn für mich und entschuldigte mich später zumindest dafür, dass ich so laut geworden war. Er fragte mich, ob ich mittlerweile wüsste, wieso es überhaupt dazu gekommen sei. Bevor ich hätte antworten können, ergriff er das Wort und versuchte, es mir zu erklären. Dass doch klar sei, wenn jemand wie ich, der nicht an Leichtigkeit im Leben glaubt, einen Satz wie seinen nur als Angriff auf die eigene Person sehen kann. Ich fühlte mich, als hätte er mich gerade auf den Seziertisch gelegt und mein tief verwachsenes Defizit vom Gewebe abgelöst, um das Abscheuliche jedem im OP zu zeigen.

»Wenn du das so genau weißt, wieso hast du das dann gesagt?«, fragte ich ihn.

»Weil das vielleicht mein Defizit ist – zu glauben, dass es allen wie mir gehen muss, dass jeder andere auch dem Unbeschwerten frönen sollte, um glücklich zu sein.«

»Das sage ich doch die ganze Zeit! Ich finde es sehr eindimensional, daran zu glauben. Niemand geht so durchs Leben, das geht gar nicht.«

»Genau das ist es ja! Du wehrst dich regelrecht dagegen, die Dinge positiv zu sehen, bei dir muss immer alles irgendeine Schwere haben, damit du dich überhaupt fühlst. Ich kann das auch, wenn es mir gut geht.«

Wir haben uns fürs Rausgehen entschieden und sitzen nun in der Eckkneipe zwei Häuser nebenan. Hier raucht man seit sechzig Jahren bei geschlossenen Fenstern. Die Vorhänge sind vergilbt, so wie die Wände, und auch die grau melierten Haare der Barfrau sind es. Wie immer bestellen wir zwei Kleine vom Fass. Ich mag es, in Läden zu sitzen, wo man die Leute gerade nur so gut kennt, dass man nicht über sein Leben und das der anderen sprechen muss, die entscheidenden Leute aber trotzdem wissen, was man trinkt. Neben uns sitzt ein Ehepaar um die 50. Man nickt sich zu. Er trinkt Bier, sie Wasser ohne Kohlensäure, das zwischen all den Schnapsdrosseln um uns herum verdächtig aussieht. Mit einem Esslöffel, den sie aus ihrer Handtasche fischt, hebt sie etwas von dem weißen, dichten Bierschaum der Krone seines Bieres und legt ihn behutsam auf die Oberfläche ihres Wassers. Ich schiele unbemerkt zu ihr. Sie spürt sofort, dass ich sie fixiere. Schnell legt sie den Löffel wieder aus der Hand und schaut in der Gegend umher, als sei nichts gewesen. Jeder hier weiß, dass sie trockene Alkoholikerin ist und dass sie immer wieder versucht, ihre Sucht auszutricksen. Und sie weiß, dass es jeder hier weiß und auch, dass jeder für totalen Schwachsinn befindet, was sie tut.

Nun betreten eine Frau und ein Mann die Kneipe. Er hält ihr die Tür auf, reicht ihr die Hand, als wären sie an einer heiklen Stelle im Gebirge angelangt und er müsse ihr gerade von einem zum anderen Stein über einen schmalen Fluss hinweghelfen. Ich habe die beiden hier vorher nie gesehen. Das ist ungewöhnlich. Man kommt nicht einfach so her. Ich stand eine Weile selbst hinter der Bar. Ich vermute, dass sie zufällig vorbeikamen, durch die Dunkelheit der Stadt, auf der Suche nach einem letzten Getränk hier im Kiez. Als sie nach der Karte fragen, verraten sie sich endgültig. Jeder weiß, dass man hier niemals etwas anderes als Bier oder Kurze trinken sollte, vorausgesetzt, man will den nächsten Tag lebend überstehen. Sie beugen sich über die Karte und rätseln umher, als säßen sie in einer Hotelbar mit erlesener Cocktailkarte. Sie sehen auch eher aus, als würden sie in Hotelbars gute Tropfen trinken. Cocktails gibt es in der Kneipe allerdings gar nicht und ansonsten nur zwei Weißweine, beide mies. Ich empfinde Mitleid, als sie sich tatsächlich für den Riesling entscheiden. Tetrapak, zwei Euro fünfzig pro Liter. Aber ihnen scheint alles egal. Sie küssen sich, immer wieder, nippen nur ab und zu an den Gläsern. Vermutlich könnten sie auch auf einer Bank in einem U-Bahnhof Piccolo zwischen Crackrauchern trinken. Er schmiegt seinen Kopf verliebt an ihre Schulter, schielt hoch zu ihr. Ihre Haut hat sommerlichen Teint, frisch, bestimmt riecht sie gut. Falten zieren das Gesicht der etwa fünfzigjährigen Frau. Sie lächelt ihn an und krault in seinem weißlich schimmernden Haar. Ich mag, wie sie aus diesem schäbigen Ambiente füreinander etwas erschaffen, was ein Außenstehender nicht nachvollziehen kann. Das erinnert mich an meinen Friseur, der mir seit Jahren schon bloß die Spitzen schneiden soll und trotzdem bei jedem meiner Besuche so tut, als würde er einen neuen Menschen aus mir zaubern.

»Schau mal, wie süß.«

Mein Freund macht eine Kopfbewegung zu den beiden. Das Paar bemerkt unsere starrenden Augenpaare nicht. Nichts zwischen ihnen wird durch die Lautstärke des Drumherum getrieben. Zwischen ihnen herrscht ein ganz anderes Klima als zwischen den anderen, selbst zwischen meinem Freund und mir. Sie sind wie luftdicht abgekapselt. Oft ist mir solch ein Bild des Begehrens in der Öffentlichkeit unangenehm. Bei ihnen ist das anders. Mein Freund und ich beobachten sie eine Weile, so wie vorhin noch die Achtzigjährigen, bis er mich fragt, was wohl das Geheimnis einer langen Beziehung sein könnte. Ich überlege, will eigentlich sagen, dass sicher Ehrlichkeit der Schlüssel ist, doch er kommt mir zuvor. Und gerade als er das Wort ausspricht, merke ich, dass ich es auch gar nicht hätte sagen können. Ich nicke bloß und schäme mich insgeheim. Weil ich ihm nichts vom Test erzählt habe, denn sonst hätte ich ja auch Edi erwähnen müssen.

»Man sollte immer alles sagen«, meint er nun noch.

Jetzt bricht es doch aus mir heraus: »Nein! Ich finde, man kann gewisse Dinge auch für sich behalten, egal wie offen man miteinander spricht. Man darf Geheimnisse voreinander haben.«

»Wie redest du denn, Lois?!«

Ich schaue ihn mit funkelnden Augen an und sage es noch mal.

»Aber das kratzt doch an der Basis. Oder was genau meinst du mit Geheimnissen?«, will er wissen und wirkt plötzlich nervös, als würde er meine Worte an sämtlichen Situationen durchdeklinieren, die wir erlebt haben, auf der Suche nach etwas, das ich ihm nicht erzählt habe.

»Dass man immer alles sagen muss, ist deine Idealvorstellung vom Leben. Aber die funktioniert in der Realität einfach nicht. Ich finde, dass Selbstschutz manchmal total okay ist, weil damit oft ja auch der Schutz des anderen einhergeht.«

»Das finde ich nicht richtig, Lois! Wieso solltest du bitte entscheiden können, was mich schützt und was nicht?!« Er klingt fast panisch.

»Wenn es zum Beispiel um eine Wahrheit geht, die nicht unbedingt eine Rolle für die gemeinsame Zweisamkeit spielt, dann kann ich, finde ich, schon für dich entscheiden, ob es dich zu betreffen hat oder eben nicht.«

Sein Körper verkrampft sich, als ich das sage. Das verrät mir die Art, wie er das Glas zu seinem Mund führt und das Bier wie ein Gegengift in sich hineinschüttet.

»Aber wenn du mich zum Beispiel betrügst, betrifft es doch auch mich, selbst wenn es dir vielleicht nichts bedeutet hat.« Er macht eine Pause. »Ich will so was wissen, hörst du, Lois!«

Er spricht plötzlich sehr energisch, dabei zittert seine Stimme. Da ist er wieder, der Patriarch. Dass ich so vehement gegen seine Gedanken anrede, gegen die ja eigentlich gar nichts groß einzuwenden ist, macht ihn sicher noch misstrauischer. Eigentlich passt das gar nicht zu mir. Aber irgendwie getrieben mache ich trotzdem weiter.

»Nur indirekt betrifft es dich, wenn ich dich betrüge, in manchen Fällen auch direkt, das stimmt schon. Aber nur dann, wenn es etwas an meinen Gefühlen zu dir ändert, dann betrifft es dich. Sonst kein Stück! Nicht ein klitzekleines bisschen!«

Er trinkt sein Bier auf ex und hebt seinen Zeigefinger mit Blick zur Barfrau.

»Weil ich dir nicht gehöre und weil ich noch immer ein eigenständiger Mensch bin, der nichts muss«, rede ich weiter. Es macht mir gerade regelrecht Spaß, mit dieser ungewohnten Vehemenz gegen ihn zu halten, wobei das bei uns auch immer bedeutet, am Ende in einem ernsthaften Streit zu landen. Ich rase wie ein Mähdrescher über dieses Wissen hinweg, so als hätte ich nichts zu verlieren.

»Das wiederum ist deine merkwürdige Idealvorstellung«, erwidert er nun, als die Kellnerin das Glas mit Schwung auf dem Bierdeckel abstellt, so dass Schaum über den Rand tritt.

»Aber du kennst das doch auch: Erst wenn man Dinge ausspricht, kriegen sie ein Gewicht, das sie sonst vielleicht gar nicht hätten. Das muss doch nicht immer sein.«

»Das kannst du meinetwegen machen, wenn du Schmerzen im Rücken hast.«

Ich schaue ihn fragend an. Ich verstehe nicht, auf was er Bezug nehmen will.

»Na, wenn du Schmerzen irgendwo hast, musst du sie nicht immer gleich verbalisieren, weil sie dann womöglich gar nicht erst real werden. Dann kannst du dich also gar nicht reinsteigern, meine ich. Aber das geht doch nicht, wenn du mich betrügst.«

»Ich betrüge dich nicht, bleib mal jetzt bitte ganz ruhig, okay?!«

»Davon gehe ich schwer aus, Lois! Für mich jedenfalls sind sämtliche Geheimnisse voreinander, seien es auch nur Gedanken des kurzen Zweifelns oder Gelüste, kein Schutz für den jeweils anderen, sondern ein egomaner Zug. Und sag mal, wie redest du eigentlich mit mir, Lois?!«

Kurz entschlossen ersticke ich seine Worte mit einem Kuss. Er wirkt besänftigt. Ich fühle nichts.

Mein Hintern ist feucht. Es ist früher Vormittag, er und ich sitzen in der S-Bahn auf dem Weg nach draußen ins Grüne, irgendwohin, wo es ruhiger ist. Das wollte ich so.

»Schwitzt du auch so?«, frage ich ihn. Die Sonne knallt durchs Abteil, die Hitze steht. Ich fasse unauffällig zwischen Sitz und Hose. Mein Freund schaut mich irritiert an und fragt: »Na, juckt's?« Ich schüttle den Kopf und mache, was ich oft tue, an öffentlichen Orten wohl aber lieber lassen sollte: Ich rieche an meiner Hand – führe sie also von meinem Hintern direkt an meine Nase. Bis mich mein Freund darauf aufmerksam gemacht hatte, dass ich an allem rieche, war mir der sonderbare Tick nicht aufgefallen. Gewundert hatte es mich trotzdem nicht, da ich schon immer der Meinung war, dass man die Gesellschaft in zwei Gruppen teilen kann: Die einen sehen, die anderen riechen besser. Besonders schlecht sehe ich zwar nicht, aber tatsächlich rieche ich überdurchschnittlich gut. Das ist anstrengend, weil ich mein olfaktorisches Leid oft nicht teilen kann und einmal mehr als besonders sensibel und als Übertreiberin abgestempelt werde.

»Und wonach riecht's?«

»Ich habe mich in Pisse gesetzt«, flüstere ich ihm in sein Ohr. Mir wird ganz heiß. Er lacht laut auf. Ich müsse sofort raus hier, sage ich nun in aller Deutlichkeit und stelle mich ganz nah vor die Waggontür, bevor überhaupt die nächste Station angesagt wird. Nicht eine Minute länger will ich den fremden Urin auf meiner Haut spüren, ich muss sofort nach Hause. Es zwickt bereits da unten. Ich stelle mir vor, wie die Bakterien eines mir Unbekannten sich ausbreiten und dichten Ausschlag hinterlassen werden. Mein Freund gibt sich betont gelassen. Er steht auf und schüttelt den Kopf, als wäre ich ein kleines Kind im Tobsuchtsanfall. Ich kneife meine Augen zusammen, wie ich das, seit ich jugendlich war, tue, wenn ich wütend bin, und zische ihm zu, dass er sich gerne mal in Pisse setzen könne, wenn er will. Er zuckt mit den Schultern und erwidert in deutlich lauterem Tonfall, dass er ohnehin lieber stehen wollte. Ein paar Leute schauen zu uns. Natürlich kann er nichts dafür. Aber ein klein wenig Mitgefühl wäre schön, und an wem sonst sollte ich meinen Frust über mein Pech auslassen? Er kennt das von mir, lässt sich gar nicht erst aus der Ruhe bringen, weil er genau weiß, dass ich mich am Ende sowieso wieder für meine ungehaltene Art entschuldigen werde. Also ignoriert er mich. Das funktioniert in den meisten Fällen, weil es deeskalierend wirkt. Jetzt aber könnte ich ihn erschlagen, wie er so tut, als sei alles nur halb so wild.

Ich hetze die Straße entlang zu meiner Wohnung, bin ihm ein paar Meter voraus. »Schlender nicht so«, rufe ich ihm aggressiv zu. Er läuft gar nicht so viel langsamer als sonst, ich bloß viel schneller. Ich sehe es trotzdem als Provokation. Und ärgere mich gerade am meisten darüber, dass mit ihm an meiner Seite alles immer so viel größer wird. Weil er mein Zuhörer ist, als Projektionsfläche mein Unvermögen spiegelt. Jedes einzelne. Ohne ihn bin ich anders, wirklich. Mutig und stark und geduldig und nicht so elendig hilflos wie jetzt. All das würde er sich vermutlich wünschen. Dass ich mutig, stark und geduldig bin. Aber das kriegt er nicht von mir. Nicht weil ich mich dagegen wehre. Es ist ein Automatismus, der greift, sobald er neben mir ist. Wie zäh ich bin, das kann ich ihm nur in anderen Situationen zeigen. Wenn er krank ist, zum Beispiel. Weil er dann schwach ist und so leidet, wie ich es sonst tue. Das passiert allerdings nicht häufig.

»Wieso bist du denn so abweisend?«, fragt er mich, als ich frisch geduscht aus dem Badezimmer in die Küche komme.

»Bin ich nicht.«

Ich meide seinen Blick, bekomme Angst. Er hält mich fest, zieht mich an sich heran. Nun schaue ich ihn doch an. Das muss reichen, um ihn zu beruhigen. Ich reiße mich wieder los und schmeiße die vollgepissten Klamotten in die Waschmaschine, spüre, wie das Blut bereits wieder in meinen Kopf steigt.

»Du wirst ja ganz rot«, bestätigt er mir auch noch.

Meine Schläfen fangen an zu pochen.

»Bin ich wirklich rot im Gesicht?«, lenke ich ab.

»Nein, Lois, ich sehe das an deinen Augen, sie bekommen dann einen anderen Ausdruck.« Wieder fühle ich mich ertappt. Und wieder fragt er, was denn los sei. Diesmal vergrabe ich mich in seiner Achselhöhle und verharre dort eine Weile. Er streichelt meinen Kopf, kämmt mir mit seinen Fingern liebevoll durch meine zotteligen Haare. Als hätte mir jemand ein Seidentuch über den Körper geworfen, ummantelt mich ein tiefes Gefühl von Traurigkeit. Genau jetzt könnte ich es mit ihm teilen. Aber ich fühle mich wie programmiert, wie ein Teil eines Spiels, das ich mir selbst ausgedacht habe, dem ich eigentlich gar nicht mehr folgen will, aber nicht anders kann. Dass ich mich jetzt trennen muss, ist darin, glaube ich, die nächste Anweisung. Langsam hebe ich meinen Kopf wieder nach oben, schaue ihn direkt an und sage ganz deutlich: »Ich kann das nicht mehr.«

Er schaut mich irritiert an. Schnell wende ich meinen Blick von ihm ab. Dass es nichts mit ihm zu tun hat, erkläre ich, dass ich bloß einmal in meinem Leben alleine sein muss, um mich besser zu verstehen und endlich kennenzulernen. Mit jedem Satz lüge ich ihn an, direkt in sein Gesicht. In mir zieht sich alles zusammen. Nun aber kann ich nicht mehr zurück, spreche einfach weiter. Sage, dass ich merke, wie meine Stimmungsschwankungen auf unsere Beziehung drücken, und dass all das mit ihm an meiner Seite nur noch befeuert wird. Dass er gar nichts dafür könne, wirklich nicht, ich ihn bloß vor mir schützen möchte, indem ich jetzt gehe, ihn gehen lasse. Mein Monolog dauert Minuten. Er schaut mich ununterbrochen mit ungewohnt weit aufgerissenen Augen an, ganz starr. Ich kann das Unverständnis in ihnen sehen. Dass ich jemals so unfair zu jemandem sein werde, hätte auch ich nicht gedacht.

Meinem Freund laufen Tränen über die Wangen. Das steckt an. Ich beginne auch zu weinen, versuche aber, trotzdem laut und deutlich weiterzusprechen. Meine Stimme knödelt. Jetzt nur keine Schwäche zeigen, damit der Schlussstrich gelingt, ermahne ich mich innerlich. Von einem scheinheiligen Grund gegen unsere Zweisamkeit rase ich zum nächsten. Die Analyse fließt, klingt sehr schlüssig und macht doch gar keinen Sinn. Es klingt aufgebauscht und konstruiert, auch wenn an allem doch etwas Wahres dran sein mag.

Mirabel und ich haben uns früher oft solche für uns äußerst logischen Sinnzusammenhänge gebastelt. Vor allem, um uns vermeintliche Fehltritte schönzureden. Zum Beispiel, dass ich damals Heinrich betrügen *musste*, um zu erkennen, wie es ist, die ganze Zeit kritisiert zu werden. Ich nämlich tat das mit ihm ständig, hörte damit erst auf, nachdem meine damalige Affäre sogar mein angeblich zu lautes Atmen beim Zähneputzen kommentiert hatte.

Ich litt wie ein Hund – und entschied mich wieder für Heinrich. Mirabel und ich beschlossen damals, dass auch Schlechtes passieren müsse, um daraus Gutes entstehen zu lassen.

Mein Freund ist neben mir erstarrt. Als ich aufgehört habe zu reden, sagt er nach einem kurzen Moment der Stille nur einen einzigen Satz:

»Du hast Angst, Lois.«

Ich hätte mehr als das erwartet, vielleicht hätte ich mir sogar gewünscht, dass er mich abbringt von meinem Entschluss. Oder mich zumindest anschreit, sagt, wie ich denn aus dem Nichts bitte schön darauf kommen würde, ihn sitzen zu lassen. Nichts. Wortlos gibt er mir einen Kuss auf die Stirn, fischt sein Hemd, das in meinem Schrank hängt, und ein paar seiner T-Shirts heraus, nimmt seine frisch gewaschenen Unterhosen vom Wäscheständer und stopft alles in eine Tüte. Ich beobachte ihn vom Sofa aus und kann selbst nicht glauben, was hier gerade passiert. Nun öffnet sich sein Mund doch noch mal. Seine Stimme bricht nach einem Wort, er räuspert sich, setzt noch mal an.

»Darf ich hier noch eine Nacht bleiben?«

Ich nicke. Mein Herz schlägt wie eine Trommel. Ich würde ihn gerne umarmen, sagen, dass das alles nicht so gemeint war, ich alles zurücknehme, und ihm sagen, dass alles eine große Lüge für eine große, furchtbare Wahrheit ist, von der ich nicht mal weiß, ob sie wirklich wahr wird.

Die Laterne vor meinem Fenster wirft ihren großen Schatten an meine Zimmerwand. Seine Umrisse sehen aus wie ein Bär. Ich habe mich längst an die Helligkeit gewöhnt, gerade kann ich den Schein nicht ertragen. Es ist zu grell, ich kann nicht schlafen. Ich höre meinen Freund, oder vielmehr Ex, neben mir atmen. Seelenruhig. Es wundert mich fast ein bisschen. Sobald ich die Augen schließe, sehe ich grausame Bilder vor mir. Ich schließe sie trotzdem, die Lider sind so schwer. Dann sehe ich mich wieder neben meinem Vater, unter der Erde. Er sieht aus wie damals, als er noch lebte, schaut mich mit wachem Blick an. Ich sehe meine Mutter, die weint, wie ich es nie vorher gesehen habe. Ich sehe meinen Freund mit einer anderen Frau, irgendwo, ich kann es nicht genau erkennen. Sie fallen übereinander her, lecken sich leidenschaftlich ab, während ich im Sterben liege und er nichts davon ahnt. Ich reiße die Augen wieder auf und starre den Bären an meiner Wand an. Eigentlich würde ich gerne meine Position ändern, mich wälzen, bis ich so richtig müde bin, auf die andere Seite legen, hin und her, aber dafür müsste ich mich zu ihm drehen, und das traue ich mich nicht. Das wäre ein falsches Signal. Ich spüre seinen warmen Körper, ohne dass wir uns berühren. Er hat sich bislang noch gar nicht bewegt, muss genau so eingeschlafen sein, wie ich hier seit Stunden wie angewurzelt liege. Wieso er nicht ein einziges Mal seit unserem Gespräch probiert hat, mich von meiner Entscheidung abzubringen, verstehe ich noch immer nicht. Kein Flehen oder Betteln, kein Zusammenbruch. Auch wenn er es mir damit natürlich leichter macht, so ganz ohne Widerstand. Vielleicht lähmt ihn seine Enttäuschung. Oder meine Brachialität hat ihm jedes Argument genommen. Plötzlich ertönt seine Stimme aus dem Dämmerlicht. Mein Herz schlägt. »Kann ich dich umarmen, ein letztes Mal?« Ich zögere, nur kurz, und rutsche dann mit meinem Körper zur Mitte des Bettes, strecke ihm meinen Hintern entgegen, so wie er es mag. Sein Schritt an meinem Hinterteil, sein warmer Körper an meinem. Sein nackter Arm auf meinem. Die Position und seine Wärme beruhigen mich. Ich fühle mich ihm so nah wie lange nicht mehr. Über diesen Gedanken schlafe ich ein.

Der Bär ist verschwunden, die Laterne vor meinem Fenster aus. Es ist hell genug, um aufzustehen. Als ich neben mich schaue, schläft er noch. Dabei sieht er jedes Mal so lieblich aus, seine Männlichkeit weicht im Schlaf friedlicher Entspannung, alles ist erschlafft, nichts auf Angriff. Mit geschlossenen Augen liegt er da und schnauft sanft aus seiner Nase. Ich weiß nicht, wie viele Fotos ich schon von ihm gemacht habe, wenn er schläft. Ich könnte wohl eine Ausstellung kuratieren, in der nur er zu sehen ist. Die Augen geschlossen, der Kopf so sonderbar zur Seite abgeknickt. Es sieht unbequem aus. Ich muss lachen, als ich seine verkrümmte Körperhaltung sehe. Keine Reaktion, als ich ihm seine Haare aus der Stirn streiche, nur sein Augenlid, das kurz zuckt. Er soll auch gar nicht wach werden, noch nicht. Ich mag die Morgenstunden allein, im Wissen, dass er da ist. Sowieso finde ich das Gefühl schön, schon wach zu sein, während der größte Teil der Stadt noch schläft. Deshalb mag ich es auch, dass ich schon seit Wochen wieder viel zu früh aufwache. Jedes Jahr, wenn der Frühling beginnt, kommt meine Schlaflosigkeit. Ich fühle mich innerlich getrieben. Habe ich erst mal die Augen auf, irgendwann zwischen halb sechs und sieben, lässt mich mein Geist nicht mehr schlafen. Mein Körper kann noch so müde sein, meinen Gedanken ist das egal.

Ich streife mir den Schlafanzug von meinem Körper. Die Sonne strahlt morgens direkt in mein Schlafzimmer. Mein Schweißbart über der Lippe ist wieder da, ich wische ihn ab. Ich begutachte sein Gesicht, zähle die Muttermale. Ein dreckiges Gesicht habe er, sagte er neulich, als er ganz nah sein Spiegelbild betrachtete. Wie dreckig ich aus seiner Sicht aussehen muss mit meinen dicht gesetzten Sommersprossen auf meinem breiten Nasenrücken, habe ich mich später gefragt. Er öffnet die Augen für einen kurzen Moment. Ich bin direkt über ihm. Unsere Blicke treffen sich passgenau. Ich lächle ihn an. Gerade als ich ihm meine Hand auf die Stirn legen will, dreht er sich ruckartig weg von mir. Und in genau diesem Moment fällt es mir wieder ein. Sein Schicksal ist es, mich zu verlieren.

Wenige Minuten später legt er schon den Ersatzschlüssel auf den gläsernen Esstisch, so behutsam, dass man fast nichts klirren hört. Wir haben kein Wort mehr gesprochen. Er hebt seine Hand zum Abschied, schiebt ein gequältes Lächeln hinterher und zieht die Haustür hinter sich zu. Als sie im Schloss einrastet, sinke ich mit einem Rums zu Boden. Von der Körperspannung, die mich eben noch getragen hatte, ist nichts mehr übrig. Ich wimmere, doch es kommen keine Tränen. Dabei will ich doch so gerne traurig sein, aufgehen in dieser theatralischen Szene. Ich denke wieder an den Satz meiner Mutter, dass es im Leben bloß um gegenseitiges Entertainment geht. Und genau das passiert hier gerade, ganz sicher: Wir sind die Protagonisten eines Liebesdramas. In all diesen Filmen, das weiß man, wird am Ende irgendwie alles gut. Wenige Momente später schon fühle ich mich leicht, als wäre alles vergessen. Er, der Test, mein Plan. Ich rufe Mirabel an und frage, ob sie Lust hat, heute Abend auszugehen. Das Leben feiern.

Ich fühle mich wie ein Agent, der ein Doppelleben führt. Eins, von dem nur ich weiß, und noch eins, das wie gewohnt weiterläuft. In dem einen habe ich mich gerade von meinem Freund getrennt, in dem anderen sitze ich mit meiner Freundin in einer Bar am Tresen und spreche, als wäre nichts passiert. Wie gut ich lügen kann. Ich kann Mirabel das nicht erzählen, weil sie meine Entscheidung nur wieder kleinreden würde und mich damit in Grund und Boden. Albern, dramatisch, nicht ernst zu nehmen. Und dann würde ich ins Straucheln geraten, müsste womöglich alles rückgängig machen. Aber das will ich nicht, geht auch gar nicht mehr. Ich schaue ihr kaum in die Augen. Dann, mit dem zweiten Glas, fragt sie mich, wie es ihm eigentlich so gehe. Ich schalte schnell und erzähle unbekümmert, dass er und ich neulich darüber gesprochen haben, wie verrückt es doch sei, dass man mit jedem neuen Partner auch ein Stück von sich selbst zurücklässt. Dass man sich nie sicher sein kann, was damit dann angestellt wird, wenn man nicht mehr miteinander ist. Und dass es fast etwas wahnwitzig ist, weil man sich durchaus fragen könnte, wie viel Beziehungen man eigentlich durchleben kann, ohne sich irgendwann vollständig aufzulösen, weil man alle seine Bestandteile einfach hinter sich, bei dem jeweils anderen gelassen hat. Ich sehe aus dem Augenwinkel, wie sie nickt. Der Barmann lässt den Mixer gekonnt mit beiden Händen in der Höhe wie eine Rassel zittern. Es sieht prätentiös aus, abgeguckt aus Filmszenen. Ich höre Mirabel aus dem Off brabbeln. Sie kritisiert meinen Pessimismus. Ihr erstes, zustimmendes Nicken war also nur Tarnung. Es ist egal, was man erzählt, sie kritisiert. Es nervt. Ich fühle mich nicht gewappnet für eine Diskussion mit ihr. Die kann nämlich auch mal laut werden und so klingen, als seien wir ein altes verhärmtes Ehepaar, das sich seit Jahrzehnten auf die Nerven geht und doch zu feige ist, alles zu beenden. Mirabel fragt jetzt schon zum zweiten Mal: Wieso über etwas reden, was gerade kein Thema sein müsste?

Sie wartet auf meine Antwort. Ich schaue sie flüchtig an und hebe überschwänglich mein Glas für die gute Laune. »Es fühlt sich an, als würdest du damit etwas Schlechtes heraufbeschwören wollen, weißt du«, sagt sie erklärend, ohne sich ablenken zu lassen.

Unsere Gläser klirren unfein aneinander. Ich nehme einen großen Schluck aus dem Glas und denke über ihre Frage nach. Ich finde ja, dass es genauso zur Realität gehören sollte, über Scheiße zu sprechen.

Dann sage ich: »Ey, solange ich drei Mal auf Holz

klopfe, um das Gute weiterhin zu manifestieren, kann mir nichts passieren.«

Klopf, klopf, klopf auf den Barhocker. Mirabel lacht endlich, und ich stehe auf, entschuldige mich und gehe zur Toilette.

Vollkommen unerwartet schießen mir Tränen in die Augen, als ich mich im Spiegel ansehe. Als würde ich mit einem Mal den Glauben an meine Entscheidung verlieren, denke ich nun, und als habe ich in der letzten Nacht den größten Fehler begangen. Die, die verlassen, haben keine Lieder, die sie spielen können, sage ich ganz leise der Frau da im Spiegel, deren Wangen schon ganz feucht sind. Die müssen stark sein. Ich muss stark sein. Aber ich fühle mich gerade bloß komplett entleert. Ich versuche, den Weinkrampf mit aller Wucht zu unterdrücken, und beobachte dabei fasziniert jede Regung meines verzerrten Gesichts, als wäre es nicht meins. Wie mein Kinn zittert, die Lippen schmollen, über die Ränder meiner Augen dicke Tropfen Richtung Mundwinkel kullern. Ich sehe mich genau und sehe mich doch nicht. Mit meinem Finger fahre ich über mein Spiegelbild, das voller Schlieren ist, als gerade die Tür aufgeht und ein gackernder Trupp Frauen reinkommt. Ich schäme mich für meinen Blick in den Spiegel. Hastig gehe ich in eine der Kabinen, setze mich zum Pinkeln direkt auf die Klobrille. Sie ist nass. Ich lasse meinen Kopf auf meine Beine fallen, die Schwerkraft fühlt sich stärker an als sonst. Mir wird übel. Mit heruntergelassener Hose stütze ich mich mit meinen Händen kopfüber auf der Kloschüssel ab, rieche den scharfen Geruch des Urinsteins. Ich kotze. Ein Schwall rötlicher Flüssigkeit flutet den Grund des Klos, grüne Fetzen vom Salat von vorhin schwimmen darin umher wie Kaulquappen. Die von Fettschlieren durchzogene Oberfläche meines Erbrochenen reflektiert das grelle Deckenlicht. Ich lasse ab von der Schüssel und sacke direkt daneben in mir zusammen. Mit meinem blanken Hintern sitze ich auf dem dreckigen Boden und höre den aufgeregten Frauenstimmen vor der Tür zu, die so laut sprechen, dass sie mein elendiges Würgen gar nicht bemerkt zu haben scheinen. Sie unterhalten sich über einen Barmann, der so unglaublich süß sei, und schmieden einen Plan, wie sie ihn heute nach seiner Schicht noch mit nach Hause nehmen können. Eigentlich mag ich es, wenn Frauen sich trauen, Männer abzuschleppen, und dabei arrogant wirken. Einmal radikal die Klischees umdrehen und so sein, wie man es beim anderen Geschlecht verabscheut – einfach nur, um herauszubekommen, wie sich das anfühlt. Ein Objekt der Begierde zu sein, ist nämlich *nicht* besonders erhebend, vor allem, wenn man es sich nicht selbst ausgesucht hat. Doch stößt mir ihr Gehabe trotzdem auf.

»Habt ihr die großen Hände gesehen, mit denen er mixt – o Gott, was er mit denen wohl sonst noch so alles anstellen kann???!!«

Sie meinen es tatsächlich ernst, kreischen aber vor Lachen. Haut jetzt ab, denke ich. Ihr ununterbrochenes Giggeln erinnert mich an kleine Mädchen, die nicht zugeben wollen, dass sie Jungs süß finden. Ihre infantile Dynamik stört meine tiefschürfende Melancholie, mit der ich mich ihnen gerade enorm überlegen fühle. Meine Faszination für das Böse und Hässliche wiegt so viel schwerer als ihre unbefangene Zufriedenheit und ihr geglaubtes Selbstbewusstsein. Von meiner Ungeduld getrieben, stolpere ich ihnen aus der Tür entgegen, die mit einem Knall erst gegen die Wand und dann zurück gegen den Rahmen schlägt. Sie schauen mich abfällig an, weil ich sie mit meinem Blick strafe, als hätten sie mich gerade persönlich beleidigt.

»Was hat die denn für 'n Problem?«, zischt eine von ihnen.

Wieder stehe ich vor meinem Spiegelbild und beachte niemanden. Ganz in Ruhe und ohne Scham schaue ich mir selbst tief in die rot angelaufenen, noch immer wässrigen Augen, richte dann mit Seelenruhe meine zerzausten Haare. Ich runzle kritisch meine Stirn, tiefe Falten bleiben zurück. Ich nähere meinen Kopf dem Spiegel und beobachte, wie sie zurückgehen, Stück für Stück. Verschwommen sehe ich zwei der Mädchen hinter mir, wie sie mich anstarren. Wenn ich mir vorstelle, dass eine von ihnen an seiner Seite wäre, drehe ich durch. Er gehört mir. Und ich gehöre nicht einfach so ersetzt. So viel ist sicher. Ja! Ich weiß! *Ich* wollte ihn nicht mehr besitzen. Trotzdem soll niemand sonst intime Dinge über ihn erfahren dürfen. Ich spüre, wie die Mädchen mich noch immer anstarren. Mit einem Ruck drehe ich mich zu ihnen um.

»Was guckt ihr denn so? Habt ihr noch nie geliebt?!«, raunze ich ihnen entgegen.

Sie schauen mich verdutzt an, dann einander. Eine von ihnen lacht abschätzig: »Ähm, ich wollte mir einfach nur die Hände waschen.«

Ich drehe mich wieder zum Waschbecken, räume den Platz nicht für sie und lasse den Kopf hängen. Wieder füllen sich meine Augen mit Tränen. Endlich höre ich die Tür und bin alleine. Ich schluchze ein letztes Mal laut auf und tupfe mir mit den Papierhandtüchern mein Gesicht trocken. Dass ich mich bemerkbar machen muss, beschließe ich, damit er mich nicht sofort vergisst. Mein Lasso auswerfen und ihn ganz nah an mich heranziehen. Ich will ihn beherrschen, alles von ihm, ohne dass ich ihm alles von mir geben muss.

Ich stürze aus der Toilette, will Mirabel nun doch von allem, was passiert ist, erzählen. Sie sitzt halb über den Tresen gebeugt und unterhält sich mit dem Barmann, berührt seine Hand. Sie scheint nicht mal bemerkt zu haben, dass ich überhaupt weg war. Mein Blick fällt auf seine Hand unter ihren Fingern. Sie ist riesig. Ich habe die Mädchen im Ohr und scanne ihn. Schöne Lippen, ausgeprägte Wangenknochen, hohe Stirn. Er schaut mich an, über Mirabel hinweg. Eine, zwei, drei, vier Sekunden. Schlagartig beschließe ich, den Plan der Mädchen zu meinem zu machen und damit auch ihr Glücksgefühl von gerade eben. Die Mädchen sind verschwunden, und auch Mirabel geht kurz darauf. Ich bleibe unter windigen Vorwänden. Ab dem Zeitpunkt, wo er und ich die Bar verlassen und uns in ein Taxi setzen, melde ich mich bei niemandem mehr.

Die kommenden Stunden fühlen sich an wie ein halbes Leben. Wenn man jemandem plötzlich so nah ist, obwohl man sich eigentlich gar nicht kennt, und vor Euphorie jede Minute eng umschlungen miteinander verbringt, kann man Tag und Nacht nicht mehr auseinanderhalten. Alles verschwimmt ineinander, und es gibt nur diesen einzigen lang gezogenen Moment. Wir passen in unserer Zweisamkeit in kein gesellschaftliches Konstrukt. Niemand außer uns kann nachvollziehen, wie sich dieser Moment für uns anfühlt, selbst wenn er Ähnliches schon mal erlebt hätte. Man vergisst es wieder, weil das Leben überwiegend rational und realistisch organisiert ist. Dieses überbordende Gefühl, das einen nach wenigen Momenten schon ein *Für immer* aussprechen lässt, ist dagegen surreal. Und mit ihm all die Dinge, an die ich mich nur mit Vorsicht herantaste, um keine ultimativen Sätze zu sprechen.

Ich werde wach von dem Klingeln meines Telefons, genau neben meinem Kopf. Es ist acht Uhr dreißig.

*»Guten Tag, wir haben Ihre Ergebnisse bekommen.«*

Sie haben gesagt, dass sie nur anrufen, wenn was ist. Ich kriege keinen Ton raus. Es knackt in der Leitung.

*»Hallo? Hören Sie mich?«*
*»Ja! Ja?«* Meine Stimme bricht.
*»Wir wollten Ihnen nur sagen, dass Sie gesund sind. Schönen Tag noch.«*

Ich atme. Ich existiere, streiche mir über meinen Rippenbogen, den Bauch entlang, runter bis kurz vor mein Schambein, wo das Laken beginnt, und versuche zu vergessen. Wieder war es nachts unerträglich heiß, wir haben die Daunen rausgenommen. Draußen riecht es nach Pinien, wie in Südeuropa. Die Baumwolle, die unsere Haut umhüllt, ist klamm von unserem Schweiß und dem Wasser, das ich gerade eben versehentlich auf mein Kissen gekippt habe, als ich im Liegen die Wasserflasche zum Mund geführt habe. Das ging schon als Kind schief, ich mache es aber trotzdem immer wieder. Noch ein Schluck. Es tritt aus meinen Mundwinkeln, läuft an den Ohren vorbei auf das Kopfkissen. Er liegt auf der Seite, ich kraule seinen Rücken. Meine Finger streifen seine makellose Haut, vorbei an der drei Zentimeter langen Narbe auf seinem rechten Schulterblatt. Sie sieht noch frisch aus. Die Löcher, durch die der Faden lief, schimmern in hellem Rot. Ich spüre, dass auch ihn Dinge bedrücken. Aber wir wollen nicht schwermütig oder traurig sein miteinander, auch das spüre ich. Eine Art stille Abmachung. Unsere Zweisamkeit ist trotzdem nicht belanglos. Dafür sorgen wir, indem wir unser Kennenlernen zu einem Spektakel des Schicksals stilisieren, spinnen uns unsere gemeinsame Geschichte so bedeutungsschwer, dass wir bald überzeugt sind, es hätte kein Weg daran vorbeigeführt, zusammen genau jetzt auf genau diesem Bett in genau diesem Zimmer zu liegen.

Auf dem Fensterbrett liegen Steine, auch rechts neben mir auf dem Nachttisch. Hellrosa, grüne, kristallene. Ich nehme einen durchsichtigen in die Hand und schaue durch ihn hindurch.

»Ein Selenit«, sagt er und dreht sich zu mir, zeigt mir noch zwei weitere. Der eine, milchig trüb mit rosaroter Färbung, sieht aus wie Kandiszucker. Der andere, tannengrün, wirkt wie frisch poliert und glitzert subtil.

»Rosenquarz und grüner Aventurin. Mit denen kann man besser schlafen.« Ich kräusele die Stirn.

»Mit diesen Steinen hier?!«

Ich nehme sie ihm aus den Händen, schließe die Augen und lege sie mir rechts und links jeweils auf ein Lid.

»So könnte ich jetzt wirklich direkt einschlafen«, sage ich.

Ich öffne wieder die Augen, als er aufsteht und ganz sanft gegen eine riesige leere Vase aus Milchglas schlägt. Sie macht ein Geräusch wie ein Gong, hallt nach, verstummt erst nach einigen Sekunden.

»Die ist gestimmt wie die Frequenz unseres Herzschlags. Sie heilt uns.«

Nun nimmt er einen Hocker, stellt ihn an das hohe Regal neben dem Fenster und kramt ein unscheinbares Heft aus der obersten Reihe hervor. Ich scanne derweil die Bücher. Yoga, Homöopathie, Handauflegen, Tarotkarten, Geistheilung. Er legt sich wieder neben mich und beginnt, mir aus dem keltischen Baumhoroskop vorzulesen. Ich habe noch nie davon gehört. Da ich an Horoskope glaube, höre ich ihm gespannt zu, während er erklärt, dass jeder darin einen Baum zugewiesen bekommt, der seine Person beschreiben soll. Er trägt es so überzeugend und inbrünstig vor, dass ich schwören könnte, er sei ein keltischer Missionar. Ein Feigenbaum sei ich, erklärt er mir, nachdem ich ihm meinen Geburtstag verraten habe. Das passt gut, ich mag Feigen.

Er liest vor: »Im Feigenbaum Geborene benötigen in jungen Jahren viel Nestwärme, um sich später seelisch entfalten und wachsen zu können.«

In meinem Kopf dekliniere ich: keine Nestwärme, emotionsloses Verhältnis zu meiner Mutter, toter Vater.

»Selbstmitleid und auch Leidensfähigkeit sind eher die negativen Charakterzüge des Feigenbaums. Oft gibt es keinen Grund für seine Trübsal.«

Die Kelten und meine Mutter wussten also tatsächlich immer schon, wer ich wirklich bin. Er blättert weiter. Ich glaube, er liest nun sein Horoskop, im Stillen. Ich spiele mit dem Selenit und flippe mit meinen Gedanken umher. Ich bin so unfrei, denke ich. Schon wieder habe ich meine Kindheit im Kopf, denke an diese bescheuerte Nestwärme, die einen offenbar zu dem macht, der man heute ist. Bla, bla. Dabei will ich doch gerade bloß in diesem Bett liegen. Mein Kopf ist diesig. Ich lege mich auf den Bauch. Meine Finger krallen sich unbewusst in die Matratze, mein Kiefer nimmt wieder diese schräge Fehlstellung ein, die immer einsetzt, sobald ich angespannt bin. Als ich den Druck bemerke, lasse ich locker. Meine Muskeln erschlaffen. Er hat das Buch weggelegt und beginnt, sanft über meine Pobacken zu streichen. Seine Hand gleitet über meine Wirbelsäule, Hubbel für Hubbel, hoch zu meinem Nacken. Dann legt er sie ab auf meinem Hinterkopf, den er fast vollständig umgreifen kann. Es beruhigt mich. Ich drehe mich um, er legt sich auf mich.

Alle Proportionen sind so konzipiert, dass wenn unsere Scham übereinanderliegt, ich meinen Hals nicht recken muss, um seine Lippen mit meinen berühren zu können. Sein Atem ist warm. Nun recke ich doch etwas meinen Hals, um über seine Schulter hinweg seinen Rücken zu begutachten. Die Erhebungen seiner Schultern, die Rippen, die Tiefe des Hohlkreuzes, die Wölbung des Pos und der Waden sehen, wenn ich die Augen leicht zukneife, aus wie ein Gebirge. Da seine Eltern im Urlaub sind und er sich um die Blumen und den herrschaftlich bepflanzten Garten kümmern muss, sind wir nachts nicht zu seiner Wohnung, sondern zu ihrer Doppelhaushälfte gefahren, nicht weit von einem der wenigen Seen dieser Stadt entfernt. Das ist gut, weil es sich weit weg von meinem Zuhause anfühlt. Ich nehme eine Auszeit in der eigenen Stadt, besser hätte es nicht laufen können in diesen Tagen.

Die Sonne windet ihre Strahlen durch die Schlitze der Fensterläden, die noch immer zugezogen sind. Gierig will sie beleuchten, was hier drin passiert, aber wir lassen sie nicht schauen. Wenn es so warm ist wie in den letzten Tagen, sind Poren geöffnet, von denen ich vergessen hatte, dass es sie überhaupt gibt. Falls es Lustporen gibt, dann habe ich viele davon. Wir schlafen miteinander. Der Sauerstoff ist knapp, wir atmen schwer. Seine Haut auf meiner, dazwischen nur der Schweißfilm, der an manchen Stellen zu glitschiger Emulsion wird. Erst jetzt sehe ich, dass wir gewissermaßen unter den Augen seiner Familie Sex haben. Als ich den Kopf hebe und an die Wand hinter dem Bett schaue, blitzen mir Zahnleisten von Menschen entgegen, die ich noch nie gesehen habe. Kleinkinder, Teenager, Erwachsene. Cousinen und Cousins, Nichten und Neffen. Geschwister, Eltern, Großeltern. Die visuelle Manifestation von Generationen. Als ich auf ihm sitze, schaue ich sie mir genau an, sofern das im schummerigen Licht und bei unseren rhythmischen Bewegungen möglich ist. Über die Jahre hinweg scheinen die Großeltern bei der jährlichen Zusammenkunft der Familie immer ein Foto am selben Ort im Garten gemacht zu haben. Von Bild zu Bild sieht man, wie sich die Kinder entwickelten, wie sie älter wurden und neue hinzukamen. Nur die Großeltern sahen schon immer alt aus. Weiße Haare, faltige Gesichter. Das soziale Konstrukt der Familie – was für ein Schwachsinn. Wir werden alleine geboren und sterben alleine. Niemand ist dafür verantwortlich, was mit uns zwischen Anfang und Ende passiert. Und dann denke ich doch wieder an ihn, wie es ihm wohl geht, ob er traurig ist. Oder, was ich mir am ehesten vorstellen kann, er alles Leid wie immer einfach umwandelt in tosende Energie. Er wird denken, dass alles, was passiert ist, seine Berechtigung hat – genau wie ich. Nur wird er es wirklich glauben, sich arrangieren und vielleicht sogar froh darüber sein, mich endlich los zu sein. Er macht es sich immer so einfach.

Ich nehme meine Hand von seiner weiß schimmernden Brust, auf der sie einen rötlichen Abdruck hinterlässt. Bevor meine Lust vollständig in meinen Gedanken versinkt, beuge ich mich zu ihm runter, um mich wieder in ihm zu verlieren.

Wir laufen durch die ruhigen, provinziell wirkenden schmalen Straßen. Sie sind gesäumt von hochgewachsenen Bäumen. Die gab es auch dort, wo ich aufgewachsen bin, wo ich über Jahre hinweg heimlich die Königin gespielt hatte. Alles andere gab es in meiner Nachbarschaft nicht. Nicht die schicken Autos, nicht die Villen und gepflegten Doppelhaushälften. Die perfekt geformten Hecken und zentimetergenau zurechtgeschnittenen Buchsbäume kenne ich so auch nur aus dem Botanischen Garten oder aus Schlossparks. Auf dem Weg zum Supermarkt begegnen wir schlanken Damen mit Perlen um ihre geliften Hälse. Sie stolzieren genauso mondän wie ihre Hunde über die sauberen Gehwege. Wir rauchen und passen nicht in die ausgestellte Perfektion. Mir ist es unangenehm, wie unser Tabakgeruch die aufdringlichen Parfums der Spaziergänger übertüncht. Als ich fertig geraucht habe, weiß ich nicht, wohin mit der Kippe. Zum Glück macht er mir vor, wie man sich hier zu benehmen hat, und wirft den Zigarettenstummel nicht auf den Boden, sondern fein säuberlich in den Mülleimer an der Straßenecke.

Die dicken, frisch polierten Autos auf dem Parkplatz vor dem Supermarkt glänzen in der Mittagssonne, und das Sortiment im Inneren ähnelt eher dem eines Feinkostladens. Gut, dass wir uns schon auf dem Hinweg auf etwas Simples geeinigt haben. Nahrung ist im Moment ausschließlich eine Notwendigkeit, nichts, womit wir uns lange beschäftigen wollen. Mehr Zeit als nötig will man in dieser klimatisierten Hölle sowieso nicht verbringen. Schon beim Betreten bekomme ich Gänsehaut. Während sich die anderen Einkäuferinnen gut vorbereitet mit altrosafarbenen Kaschmirtüchern gegen die Kälte wappnen, trage ich leichtsinnigerweise bloß ein dünnes Kleidchen. Es ist ein Nachthemd seiner Mutter, das aussieht wie ein Negligé. Cremefarbener Satin, schmale Träger, zarte Spitze am Saum. An der Seite kann man meine Brüste sehen, und oben fallen sie fast raus. Dabei habe ich ja noch nicht mal besonders große. Eigentlich wollte ich in meine Jeans und ein T-Shirt seines Vaters schlüpfen. Aber er bettelte regelrecht darum, mir doch bitte nur dieses Stück Stoff überzuwerfen. Jetzt bekomme ich immer mehr das Gefühl, er wolle all die Spießer dieser Gegend, wo er groß geworden ist, mit mir provozieren, sie mit meinem Anblick verunsichern. Ihnen distanzlos zeigen, womit sie, gefangen in ihrer Artigkeit, nicht umgehen können, während sie sich ausschließlich hinter verriegelten Türen Finger in sämtliche Körperöffnungen stecken. Sie scheinen sich von unserer Direktheit entlarvt zu fühlen. Jedenfalls habe ich selten so viel Aufmerksamkeit auf mir gespürt. Ich genieße es. Er gibt vor, nicht genug von mir zu kriegen, und drückt mich zwischen den Gängen immer wieder überfallartig gegen die Regale, steckt mir überschwänglich seine Zunge in den Hals. Ich mache mit, auch weil es mir vollkommen egal ist, was die Menschen denken. Zurückkehren werde ich eh nie wieder.

Auf dem Weg zum Haus laufe ich etwas langsamer als er. Nur zwei, drei Schritte bin ich hinter ihm, während er im Spazierschritt in der Gegend umherschaut. Ich will Distanz. Er war mir die ganze Zeit fast wie auf den Leib getackert. Zu nah, um ihn beobachten zu können. Jetzt geht das kurz. Ihn mit Abstand in dieser Umgebung zu sehen, macht erneut deutlich, dass wir unterschiedlicher nicht hätten aufwachsen können. In seinem Kinderzimmer, das noch immer genau so eingerichtet zu sein scheint, wie er es vor etwa fünfzehn Jahren verlassen hat, hängt ein Foto von ihm als Kleinkind im Garten. Da steht derselbe knöcherige Apfelbaum, bloß in klein. Er ist im Arm einer Frau zu sehen, seine Mutter vermutlich, die in etwa so aussieht wie jene Frauen, die uns vorhin begegnet sind. Gepflegt und fein zurechtgemacht. Ihr Blick wirkt wach, aber traurig. Als er sich umdreht, mir seine Hand entgegenstreckt, lächelt er. Sein Blick ist wie der seiner Mutter auf dem Bild: wach und traurig. Mirabel hätte an dieser Stelle verallgemeinernde Sätze parat, die ihn und uns, die wir in einer Siedlung aus Beton aufgewachsen sind, trennen würden.

Er, der reiche Sohn, wir, die mittellosen Töchter – was er denn bitte schön für Probleme haben würde, hätte sie gefragt. Als versnobt würde sie ihn bezeichnen. Nur wir, die Geschundenen der Gesellschaft, hätten das Recht, sich wirklich Sorgen zu machen. Wir haben uns schon oft darüber gestritten. Menschen allein anhand ihrer Herkunft zu charakterisieren, finde ich selten beschränkt. Anhand der Größe ihrer Perlenohrringe oder des Monogramms auf ihrer Brust. Zu glauben, ein Erbstück mache einen zu diesem oder jenem Menschen, ist eindimensional, finde ich. Ich wüsste nicht mal, was ich von meiner Mutter erben sollte, aber auch das macht mich noch nicht zu diesem oder jenem Menschen. Oder vielleicht doch. Auch mein Vater besaß nie etwas. »Wir müssen das Geld aus dem Fenster werfen, dann kommt es zur Tür wieder hinein«, sagte er oft. Meine Mutter fand das nicht gut. Allerdings war er derjenige, der das Geld nach Hause brachte, also durfte er auch drüber bestimmen. »Mach dich bloß nie abhängig«, hatte sie mir schon früh gesagt, als ich noch nicht einmal wusste, dass sich Geldscheine stumpf anfühlen und metallisch riechen. Nach seinem Tod begann meine Mutter aus Verzweiflung als private Tagesmutter in unserer Siedlung zu arbeiten. Dabei hätte sie das Geld nicht so dringend gebraucht, wie sie vorgab. Das wusste ich, weil ich durch unsere Pappwände ein Telefonat mit ihrer Schwester mithören konnte. Darin erzählte sie, dass mein Vater ein weiteres Konto besessen hatte, von dem sie bislang nichts wusste und das ziemlich gut gefüllt gewesen sei. Trotzdem ließ sie mich in dem Glauben aufwachsen, wir seien stets am Limit, sie und ich.

Dass Wohlhabende nicht immer glücklicher sind als diejenigen, die aus dem Dreck kommen, weiß man jedenfalls schon aus Märchen. In ihnen wimmelt es schließlich vor einsamen Prinzessinnen, die lieber auf der schmutzigen Straße mit den anderen Kindern und einer abgewetzten Puppe spielen als in einem vakuumierten Paradies.

Ich hole ihn wieder ein, weil er vor einem Baum stehen bleibt, um eine Tiervermisstenanzeige abzureißen. Am nächsten Baum tut er dasselbe, wie ein besinnungsloser Blockwart. Es ist der erste Moment, in dem er mich irritiert, und zwar so stark, dass ich ihn verdutzt anschaue, sogar kurz stehen bleibe. Er sei gegen Domestizierung, erklärt er mir. Nun schaue ich noch irritierter. Hunde, Katzen und Kaninchen seien doch längst domestiziert, Haustiere eben, erwidere ich. Wie ein Roboter wiederholt er noch einmal: »Ich bin gegen Domestizierung.«

Wie stur er ist, denke ich und frage ihn, ob er Gott spielen wolle. Er macht mich wütend. Dabei halte auch ich nicht besonders viel von Haustieren. Ich war sieben, als meine Eltern sich nach ewiger Bettelei endlich dazu breitschlagen ließen, mit mir in eine Tierhandlung zu gehen, und mir einen Hamster schenkten. Rudi machte mich glücklich. Leider war er so nachtaktiv, dass wir nicht mehr richtig schlafen konnten. Jede Nacht, sobald alle Lichter aus waren, begann er in seinem Laufrad zu rennen wie auf Pillen, als würde er glauben, dem Leben in Gefangenschaft dadurch entfliehen zu können. Also stellte mein Vater den Käfig irgendwann auf den Balkon. Es dauerte nicht lange, bis Rudi eines Morgens nicht mehr da war.

»Das war sicher ein Vogel auf Beutejagd, der so hungrig war, dass ihm Rudi das Leben gerettet hat«, erklärte mein Vater bemüht, um der Situation die Schwere zu nehmen. Meine Mutter schüttelte wortlos den Kopf, und ich beschloss ein für alle Mal, dass niemand je ein Haustier besitzen dürfte, denn wer, dachte ich, sollte freiwillig Vermisste und Tote in seinem Leben ertragen müssen.

In der einen Hand trägt er den Einkauf, in der anderen stapeln sich mittlerweile die Blätter mit all den verzweifelten Worten trauriger Herrchen. Zu Hause erzählt er mir von einem Ordner, in dem er mehrere Dutzend solcher Vermisstenanzeigen aus der ganzen Stadt abgeheftet hat. Er erklärt, dass sich Bildungsgrad, Herkunft und das allgemeine Menschenbild aus ihnen ablesen ließe und dass er irgendwann damit eine Ausstellung machen werde.

Es dauert nur wenige Stunden, bis wir keine Lust mehr auf unseren Einkauf haben und beschließen, lieber zum Griechen an der Ecke zu gehen. Es scheint das einzige Restaurant der Gegend zu sein. Eine riesige Terrasse erstreckt sich über etwa 100 Quadratmeter, vollgestellt mit hässlichem Plastikmobiliar, das von gemusterten Tischdecken und dazu passenden Sitzkissenbezügen verdeckt wird. Ein

Mann mit pechschwarzem Haar sitzt mit geschlossenen Augen zwischen den Gästen, spielt Lieder auf einer Gitarre und singt dazu mit jaulender, etwas zu lauter Stimme spanische Lieder. Niemand außer mir scheint das zu bemerken. Ich bin überfordert von den vielen Menschen, doch es dauert nicht lange, bis sich die Geselligkeit unter dem von Efeu bewucherten Dach auf mich überträgt. Er und ich trinken sehr viel von dem schlechten Wein, auch weil wir noch nach anderthalb Litern nichts davon spüren. Dann probieren wir uns durch die Schnapskarte. Ouzo, Raki, Tsipouro. Jamas!

Ein Mann mit einem riesigen Bund Rosen betritt die Terrasse. Bevor ich schalten kann, winkt er ihn zu uns und kauft ihm alle ab. »Eine ist keine – wenn überhaupt, dann den ganzen Strauß«, sagte er mir, als er ihn mir auf Knien überreicht. Alle um uns herum gucken, einige applaudieren. Hilfe. Sie müssen denken, dass er mir einen Antrag macht. Mich rührt diese Geste, trotz all der Albernheit. Ich lege intuitiv meinen Kopf schief, meine Hand auf die Brust. Danach steckt er mir seine Zunge in den Hals. Wir küssen uns dramatisch, als wäre genau dieser Moment dringend von uns beiden ersehnt gewesen. Wir spielen unsere auferlegten Rollen einfach durch und flüstern uns Liebesschwüre zu, jedes unserer Worte in übersteuerter Geste und Lautstärke klingt nach mittelalterlichem Minnesang. Nach einer ganzen Weile sehe ich wieder um mich. An einem der wenigen noch besetzten Tische sehe ich den Rosenverkäufer, der das Geld, das er bekommen hat, auf einen Schlag versäuft.

Als ich später wieder neben ihm im Bett liege, frisch geduscht, die Zähne geputzt, merke ich, wie ich aus jeder Pore nach Alkohol und Knoblauch stinke. Vor allem der Knoblauchgeruch lässt mich fast etwas trippen. Mit meinem Po in seiner Lende schlafe ich ein wie ein toter Fisch. Reglos bleibe ich genau in dieser Position, bis sein Wecker nach sechs Stunden klingelt. Ich drehe mich um, er liegt nicht neben mir, die Tür steht sperrangelweit offen. Ich stelle den Wecker aus und rufe mit müder Stimme seinen Namen. Keine Reaktion. Erst als ich die Treppen heruntergehe, höre ich ihn in der Küche mit Geschirr klimpern. Barfuß trippele ich zu ihm, lege meinen Kopf auf seinen Rücken und umgreife mit meinen Armen seine Hüfte. Ob er auch so wild geträumt hat, frage ich ihn. »Nö, nichts, ich glaube, du nimmst mir meine Träume weg!«, antwortet er. Bevor ich loslache, weil das wirklich albern klingt, bemerke ich, dass er es ernst gemeint hat. Ich entschuldige mich. Dabei müsste er sich eigentlich entschuldigen, finde ich. Immerhin hat er mir gerade gesagt, dass ich niemals die Frau seines Lebens sein werde. Und wenn man ehrlich ist, die von niemandem sein kann. Wer will sich schon auf Lebzeiten beklauen lassen.

30 Stunden sind mittlerweile vergangen, seitdem wir aus der Bar aufgebrochen sind, ich habe sie nachgezählt und beschließe zu gehen. Das sage ich allerdings erst,

nachdem er mir längst zu verstehen gegeben hat, dass er dringend aufräumen und seine Eltern empfangen müsse, die an diesem Abend nach Hause kommen würden. Die schwitzenden und lieblos mit Klarsichtfolie verpackten Käsereste auf der Küchentheke sind ein Symbol für uns, denke ich: angeknabbert, aber noch genug davon da, um die eigene Haltung zu wahren. Es ist ein Abschied, der sich nicht nach einem anfühlt. Ein Kuss auf den Mund, ganz selbstverständlich, nicht unbedingt ein liebevoller, ohne jede Theatralik, als würden wir uns später sowieso wiedersehen. Wir beide wissen, dass wir uns nie mehr wiedersehen. Zumindest unsere Telefonnummern haben wir ausgetauscht, gestern schon, »für alle Fälle«, sagte er da noch und umarmte mich, als würde er mich niemals gehen lassen wollen.

Als das Tor ins Schloss fällt, bleibe ich kurz stehen und höre zu, wie das elektrische Schließsystem mit einem satten Surren alles hinter mir verriegelt.

In der U-Bahn liegen alle Blicke auf mir, lüsterne, als würde auf meiner Stirn geschrieben stehen: Schaut her, ich hatte Sex! Ich glaube, vor allem Männer spüren, wenn eine Frau Sex hatte. Sie riechen die befriedigte Lust, können an Gesicht und Körperhaltung ablesen, dass sie willig ist – und funktionsfähig. Anders als sonst überfordert mich die Situation nicht. Ich genieße die Aufmerksamkeit von all jenen, die wissen, dass sie mir niemals so nah sein werden, wie er es bis vor Kurzem noch sein durfte. Fast triumphierend schaue ich in der Gegend umher und beobachte die Augenpaare dieser Geier auf mir in den Fensterscheiben. Sie bemerken nicht, dass ich sie in meiner demonstrativen Ignoranz ganz genau sehen kann.

Von der Station zu meiner Wohnung laufe ich an mindestens drei Tiervermisstenanzeigen vorbei. Selektive Wahrnehmung. Ich schaue mich dreimal um, bevor ich eine davon im Laufen abreiße, in meiner Hand zerknülle und in meinen Beutel stopfe. Kurz darauf eine weitere. Zu Hause bügle ich das Papier. Auf dem einen hat eine Familie einen eher nüchternen Text über ihren Kater verfasst. *Kalle, grüne Augen, schwarzes Fell, sieht aus wie ein Panther.* Auf dem Foto hängt er im Arm eines kleinen Mädchens, die mit ausgefallenen Schneidezähnen in die Kamera strahlt. Auf der anderen Anzeige ein wirklich hübscher Siamese und ein Text, der mich fast etwas rührt.

*Wir vermissen unseren grauen Siamesenkater Habibi so sehr!!! Habibi ist eine typische Siamkatze, dürr, große Ohren, redet SEHR LAUT und melancholisch. Vielleicht haben sie Habibi im Treppenhaus gehört? Ist er zu jemandem nach Hause gegangen? Oder versteckt er sich im Keller? Bitte schauen Sie Kellerräume und Hinterhöfe durch. DANKESCHÖN!*

Ich mache jeweils ein Foto und schicke ihm die Anzeigen mit den Worten »Danke und Kuss«.

Nachdem ich meine Pflanzen mal wieder vor dem Tod gerettet und geduscht habe, hat er noch immer nicht geantwortet. Es ist nicht so, dass ich es erwartet hätte oder es mich besonders glücklich stimmen würde, aber schön wäre es schon, denke ich. Von Stunde zu Stunde fühle ich mich unbehaglicher in meiner Haut. Ausgelesen und zurückgelassen wie eine alte Zeitung auf einem Sitz im Zug, bereit für den nächsten Leser. Fast ausgenutzt komme ich mir vor, obwohl doch von Anfang an klar war, was diese

Sequenz mit uns zu bedeuten haben wird: nichts. Ich habe mich weit von mir entfernt in den vergangenen dreißig Stunden, stelle ich plötzlich fest, mich unbemerkt in etwas hineingesteigert. Die eigentlich lächerlich kurze, aber intensive Zeitspanne fühlt sich gerade an, als würde nur sie mir noch Sicherheit für mein Leben geben können. So also wabert dieser Haufen Scheiße nun lauwarm vor sich hin.

Als ich den Müll rausbringe, der bereits Schimmel angesetzt hat, treffe ich im Treppenhaus auf meine Nachbarin. Sie wohnt direkt unter mir, ist alleinstehend und tut mir leid. Kleine, dicke Jungs und einsame Menschen tun mir immer leid. Vielleicht tue ich manchen von ihnen damit unrecht, weil sie viel glücklicher sind als ich. Doch ihr Anblick versetzt mir jedes Mal einen Stich. Fast immer, wenn ich aus der oder in die Haustür komme, begegnet mir jedenfalls diese Frau. Sie ist diejenige, die die Pflanzen im Hof gießt und an Feiertagen nette Nachrichten für die Hausgemeinschaft an die Pinnwand neben den Briefkästen hängt. Diejenige, die zu Weihnachten und Ostern den Hausflur schmückt und zweimal im Jahr ein Hoffest organisiert. An ihnen nehmen ausschließlich die ältesten Bewohner dieses Hauses teil, ich noch nie. Wer nicht kommt, muss eine gute Ausrede parat haben oder seine konkurrierende Abendveranstaltung so legen, dass er nicht genau dann durch den Hof laufen muss, wenn sie alle schon am Biertisch mit selbst gemachtem Nudelsalat und Glühwein stehen. Wenn doch, darf man sich sicher sein, für die kommenden Wochen strafende Blicke zu kassieren. Auch deshalb fühle ich mich in diesem Haus nicht selten, als würde ich unter Generalüberwachung stehen. Ich erinnere mich noch gut daran, wie ich vor Jahren mit meiner Kurzzeitaffäre über einige Wochen ein- und aus ging. Nicht zu fassen, dass es meinen Nachbarn durch irritierte und misstrauische Blicke gelang, mich an der Seite dieses neuen, ihnen fremden Mannes unbehaglich zu fühlen. Also versuchte ich, ihn jedes Mal schnellen Schrittes in meine Wohnung zu scheuchen, um ja niemandem zu begegnen. Genauso schwer hatte es dann mein aktueller Ex-Freund, bis er von der Hausgemeinschaft als geduldeter Bewohner anerkannt wurde. Auch heute klingt das Hallo von ihr wieder eher bemüht. Ahnt sie etwa schon, dass wir uns getrennt haben? Ich knalle ihr ein extrafreundliches *Hi* entgegen, als ich an ihr vorbei zu den Mülltonnen rausche.

Er hat noch immer nicht geschrieben. Meine schmerzenden Muskeln als Beweis für unsere innige Begegnung können nicht das Einzige sein, das mir bleibt. Ich schicke ihm noch ein Foto. Diesmal von einem Herz, das ich meiner Gummipuppe Spenda mit einem Edding auf die Brust gemalt habe. Ich hatte ihm von ihr erzählt. Dazu schreibe ich: »Ich habe ihr dein Herz auf die Brust gemalt, damit ich sehe, dass es noch schlägt, wenn ich dich nicht mehr sehe.« Wort für Wort lese ich den Satz durch, noch nachdem ich die Nachricht verschickt habe, und lege dann schnell mein

Handy aus der Hand. Es dauert nur einen kurzen Moment, bis ich doch noch ein Smiley hinterherschicke. Und dann noch: »gezeichnet Lois von der Vogelweide«. Ich muss kurz lachen, weil ich an die Situation beim Griechen denke. Ob er die Anspielung versteht? Hoffentlich. Ich lege das Handy wieder weg, stecke es zwischen die Ritze im Sofa und lege ein Kissen darauf. Dann lege ich mich so hin, dass meine Lende genau auf dem Kissen liegt, das mein Handy vergräbt.

Natürlich spüre ich trotzdem, dass mein Handy wenig später klingelt. Es kommt mir vor, als hätte ich kurz geschlafen. Desorientiert wühle ich wie ein Maulwurf nach dem Handy, das noch immer vibriert. Ich nehme ab, ohne auf das Display zu schauen. Bevor ich überhaupt *Hallo* sagen kann, höre ich ihn schon am anderen Ende: »Was willst du?«

Ich bin maximal irritiert. »Was ich will?!«

»Lois von der Vogelweide??!!«

Mit der flachen Hand schlage ich mir auf die Stirn. Ich habe das Foto von Spendas Brust versehentlich an ihn, meinen Ex-Freund, geschickt. Mir wird ganz schummerig, als ich seine Stimme am anderen Ende höre. In ihr liegt so viel Kälte, dass es mich innerlich schüttelt. Wie absurd es ist, dass man so lange miteinander ist und dann ganz plötzlich nichts mehr von dieser Verbindung zu spüren glaubt, weil man entschieden hat, dass sie nicht mehr existieren soll. Es sticht in der Mitte meiner Brust. Nach einer kurzen Pause antworte ich ihm, dass ich ihn vermisse. Der Kloß in meinem Hals ist nicht zu überhören. Und dass es mir leidtut, sage ich ihm auch. Keine Ahnung, worauf ich eigentlich hinauswill. Noch mal fragt er mich, was ich wolle. Ich kann nichts weiter sagen. Er schweigt auch. Kurz bevor ich glaube, endlich etwas sagen zu können, fragt er noch einmal. Wiederholt es ganz ruhig und schiebt wie üblich noch ein »Lois!« hinterher. Es klingt eindringlich, verzweifelt, erwartungsvoll. Als ich nun doch bloß wieder keine Antwort geben kann, nimmt er alle Verantwortung von mir und legt auf. Die Tränen, die jetzt aus mir herausschießen, sind Tränen der Erleichterung.

Schnell schalte ich den Staubsauger ein, sauge meine Wohnung, bis Schweißperlen und keine Tränen mehr über mein Gesicht laufen. Das Geräusch von groben Krümeln, die durch den Schlauch rattern, ist befriedigend. Zwischendrin reiße ich mir die Klamotten vom Leib, stelle mich komplett nackt vor den großen Spiegel im Flur. Da steht eine Witzfigur. Das Gerät auf dem Boden neben mir tönt ohrenbetäubend laut. Wie eine Dampfwalze durchpustet das monotone Geräusch des Saugers mein Hirn. Der Geruch des lauwarmen Luftstroms, der hinten aus ihm heraustritt, erinnert mich an meine Kindheit, als ich vier oder fünf war und es liebte, meine Nase in die fast schon pulvrige Staubsaugerluft zu halten. Meine Mutter schrie mich durch das tosende Gebrumme jedes Mal hysterisch an, wie ungesund das sei. Wahrscheinlich hatte sie recht damit, also, dass es nicht besonders gesund ist. Doch auch wenn ich jedes Mal zu husten begann, so wie jetzt auch wieder, überwog das wohlige Gefühl. Umgebracht hatte es mich jedenfalls nicht. Die trockene Wärme erinnert mich auch daran, wie mein Vater mich, als ich noch so klein war, dass man mich aus der Badewanne heben musste, trocken föhnte.

Meine feuchte Haut tupfe ich mit einem Handtuch trocken, so dass zumindest mein Äußeres nicht mehr an meinen Anfall von eben erinnert. Ich kann zusehen, wie die Spuren meiner üblen Trauer Stück für Stück verschwinden. Nimm dich bloß nicht so ernst, ermahne ich die Witzfigur im Spiegel.

Als hätte ich es geahnt, steht Mirabel plötzlich ohne Ankündigung vor der Tür. Ob alles okay sei bei mir, dass sie sich wirklich langsam Sorgen gemacht habe, sagt sie, drückt mir Zwieback und frische Kamilleblüten in die Hand, läuft dann an mir vorbei hinein in den dunklen Flur. Ich bin noch immer nackt. Sie wundert das nicht. Auch weil es draußen so bullig warm ist, dass man am liebsten in Unterhose auf die Straße gehen würde. Sie trägt ein Kleid, durchsichtig, darunter sehe ich die Umrisse ihrer schmalen Beine, sogar ihren Bauchnabel. Die schwarze Unterwäsche verdeckt ihre Scham und die Brüste. Wenn es so heiß ist draußen, herrscht irgendwann ein gewisser Ausnahmezustand, weil niemand gewohnt ist, über so lange

Zeit in jeder Minute schweißnass zu sein. Und da es allen so geht, wundert sich auch niemand mehr über die Barfußläufer, die riesigen Schweißflecken oder feuchte Haaransätze im Sitzen. Ich beruhige Mirabel und sage, dass ich mich auch schon bei ihr melden wollte. Seit heute nämlich sei ich wieder gesund. Zur Beruhigung hatte ich ihr gestern nur schnell eine Nachricht geschickt, dass ich Magen-Darm hätte. Diese elendige Kotzerei hätte mich komplett zugrunde gerichtet, erkläre ich ihr nun. Dass irgendwann nur noch gelb-braune Galle hochgekommen sei, die so bitter geschmeckt hätte, dass ich davon wieder und wieder hätte würgen müssen. Ein tödlicher Kreislauf, erkläre ich fatalistisch.

»Ich dachte wirklich mehrfach, ich muss sterben.«

Und irgendwie stimmt das ja sogar. Ich steigere mich so sehr hinein in das Gefühl, dass mir wirklich übel wird. Ungefragt streift Mirabel weiter durch meine Wohnung. Als wolle sie überprüfen, was in den vergangenen Tagen hier drin tatsächlich passiert ist. Ich folge ihr. Mit verzogenem Gesicht sagt sie mitfühlend: »Vielleicht musstest du dich einfach mal so richtig auskotzen, also auch seelisch, meine ich.«

Ruckartig drehe ich mich um und laufe zur Kaffeemaschine, Mirabel kommt hinterher. Mit dem Rücken zu ihr frage ich: »Willst du auch Kaffee?«

Ihre misstrauischen Blicke durchbohren meine entblößte Rückseite, treten vorne aus meiner Brust wieder hervor und glotzen mir direkt in die Augen. Ich spüre, dass sie längst bemerkt hat, dass da mehr als nur dieser angebliche Virus in mir schlummert. Stoisch verharre ich in meiner Position und beobachte den Knopf der Maschine, der rot leuchtet, während sie sich aufheizt. Ich will, dass sie geht. Wenn ich ahnungslos und traurig bin wie jetzt, verbringe ich lieber Zeit mit mir unbekannten Menschen als mit denjenigen, die mich so gut kennen wie sie. Weil die mich eben nicht kennen. Sie haben keine Ratschläge und kein Mitleid, es sei denn, ich entscheide, ihnen von mir zu erzählen, und denke mir eine Biografie aus, so wie letzte Nacht mit dem Barmann, ganz ohne Schwere.

Mirabel kennt das längst, und sie weiß auch, dass sie mich nur selten mit ihren Wahrheiten konfrontieren sollte. In acht von zehn Fällen macht sie es trotzdem. Diesmal aber scheint sie zu spüren, dass das hier irgendwie größer ist. Sie hält sich zurück, fragt nichts mehr, bohrt nicht nach, beobachtet mich einfach still aus der Entfernung. So wie ich damals, als sie im Drogensumpf unterzugehen schien. Wie eine Mutter stand ich damals am Spielplatzrand, bereit, ihr zu Hilfe zu eilen, falls sie sich verletzt. Sonst aber ließ ich sie frei laufen, ohne sie vor möglichen Gefahren zu warnen. Ich gab vor, ihr zu vertrauen. Das muss sie jetzt auch, mir vertrauen, denke ich, und bitte sie zu gehen. Ich müsse meine Wohnung von den aggressiven Viren befreien, bevor sie hinterlistig zurückschlagen.

Sie steht schon in der Tür, als ich ihr den Versuch eines

unbefangenen Lachens hinterherschicke und beiläufig sage: »Ach übrigens, wegen dem Test, alles gut!«

Dabei zeige ich ihr beide Daumen nach oben. Sie lächelt zurück.

Als sie weg ist, lege ich mich flach wie eine Flunder auf den Teppich vor meinem Sofa. Meine Gedanken fliegen in Fetzen umher, es fällt mir schwer, einen davon zu fokussieren, weil sie in so viele Richtungen schnellen. Auch wenn sie ja doch allesamt denselben Ursprung haben. Mich selbst.

Beim Lauf durch die Gänge im Kaufhof fühle ich mich ganz anders als gestern mit ihm, dem Barmann. Natürlich auch, weil ich diesmal nicht halb nackt bin und nur meine Zunge im Hals stecken habe. Davon abgesehen fühlt sich das mit ihm mittlerweile an, als sei es in einem anderen Leben passiert. Das aktuelle muss ich dringend wieder ordnen. Mit einem stinknormalen Einkauf sollte es beginnen, doch jetzt lege ich ausschließlich Dinge in den Wagen, die ich mag und eigentlich nicht brauche. Sogar neue Unterwäsche. Meine Mutter sagte mir einmal, dass man immer auch unter den Klamotten astrein aussehen sollte, falls man ungeplant ins Krankenhaus müsse oder so. Auch ein Glätteisen für die Haare packe ich in den Wagen. Es ist egal, dass es einfach keinen Sinn macht. Ich habe von Natur aus aalglatte Haare. Doch genauso wie ansehnliche Unterwäsche gehört auch solch ein Gerät nun mal zum Repertoire einer richtigen Frau. Und ich habe mir vorgenommen, von nun an eine richtige Frau zu sein. Und das bedeutet unter anderem: Dinge zu Hause zu haben, die man nicht dringend braucht, die aber sicher zu irgendetwas mal gut sein werden. Im Wagen mittlerweile außerdem: Trüffelsalami, Ziegenkäse aus der Provence, Kaviar, Lachs. Beim Scannen merkt der Kassierer heiter an, dass es bei mir ja heute wohl etwas zu feiern gebe. Er kennt mich und weiß, was ich sonst so einkaufe. Kartoffeln, Eier, Nüsse. Ich reagiere mit einem zaghaften Nicken. Natürlich weiß der freundliche Mann vor mir in der Supermarktuniform nicht, dass das, was ich gerade auf sein Kassenband lege, bis gestern Morgen tatsächlich noch eine Henkersmahlzeit hätte sein können. Er weiß nicht, dass ich beschlossen hatte, tot zu sein, und auch nicht, dass ich jetzt doch viel lieber lebendig bleibe.

Auf dem Nachhauseweg mache ich noch halt beim Blumenladen. Aus den Kübeln vor der Tür ragen riesige Hortensien. Während ich mir die drei schönsten ausgucke und auf jemanden warte, der sie mir rausholt, schaue ich durch die große Fensterscheibe des Ladens. Ich entdecke zwei Männer, die ahnungslos vor all den wunderschönen Blumen stehen. Der eine von ihnen lässt sich fachmännisch von einer Mitarbeiterin beraten. Bei jedem ihrer Vorschläge nickt er stumpf. Ihm scheint es egal. Am Ende wird es ein spießiger Strauß mit viel Farn und anderen leblosen Gräsern zwischen den Blüten. Auch der andere Mann sieht sich uninspiriert um, in Erwartung, dass ihm gleich jemand behilflich sein wird. Er erinnert mich an meinen Vater. Dieselbe hohe Stirn und eine ähnliche Körperhaltung in der Öffentlichkeit – breitbeinig, verschränkte Arme. Vielleicht tut man den Männern unrecht, wenn man glaubt, dass sie, anders als man es von den meisten Frauen glaubt, niemals nur für sich selbst einen Strauß kaufen würden, sondern immer nur im Hinblick darauf, ihre Partnerin zufrieden-, sie irgendwie ruhigzustellen. Aber dieses chauvinistische Bild steckt tief in meinem Kopf, auch weil ich jahrelang bei meinem Vater beobachten konnte, wie er meiner Mutter Woche für Woche jene spießigen Blumensträuße mitbrachte. Stets war mein Eindruck, dass er es aus schlechtem Gewissen heraus tat. Ich kann nicht sagen, warum.

Oft nahm er mich mit in den Blumenladen bei uns um die Ecke. Bis heute mag ich das satte Geräusch der Stiele, wenn die Floristen sie mit der kräftigen Gartenschere abschneiden. Auch jetzt dringt es bis nach draußen zu mir. Das Abtrennen dieser Enden, lernte ich damals, soll dafür sorgen, dass die Stiele Wasser aufnehmen können, sobald sie wieder darin stehen. Ich schlussfolgerte daraus, dass Blumen genauso lebendig sind wie wir Menschen, dass sie Wasser brauchen, um zu überleben. Bevor sie endlich wieder trinken konnten, wollte ich sie demnach möglichst gut behandeln, weshalb ich den Strauß auf dem Heimweg auch immer senkrecht nach oben gerichtet trug. Nicht etwa nach unten Richtung Boden, wie es mein Vater immer tat. Die Krämpfe in den Unterarmen, die ich von dieser Haltung bekam, waren es mir wert. Zu Hause angekommen gingen wir gemeinsam in die Küche, ließen

Ihre Augen aber bleiben auf mich gerichtet. Sie insistiert – ist das vielleicht ein Gruß meines Vaters? Bevor ich womöglich den Verstand verliere, verabschiede ich mich von ihr und laufe in meinem gewohnten Gang durch den Park geradewegs nach Hause.

Mein Ex hockt unten auf den Stufen zu den Briefkästen, als ich die Tür aufstoße. So zusammengekauert sieht er aus wie ein Gnom aus einem Märchenfilm. Was er hier mache, frage ich ihn überrascht. Sofort springt er auf, ganz hektisch, als hätte er mich in meinem Hausflur nicht erwartet. Er drückt mir einen Zettel in die Hand und hastet aus der Tür an mir vorbei ins Freie, ohne mich noch einmal anzusehen. Bevor ich reagieren kann, ist er weg. Noch vor der Wohnungstür lese ich seine Worte. Ich erwarte Dramatisches, große Emotion. Dabei hätte ich es mir ja denken können. In krakeliger Schrift steht auf lieblos ausgerissenem Karopapier, als wär das alles bloße Nebensächlichkeit: »Ruf mich mal bitte an. Kuss«. Ich zögere trotzdem keine Minute. Und nun begrüßt er mich am Telefon, als würde ich ihn nerven mit meinem Anruf. Viel mehr als ein *Hallo* kommt dann auch erst mal nicht. Ich bin verunsichert und beginne einfach draufloszureden, Übersprung. Ich stottere, entschuldige mich für alles. Dass es ganz sicher nichts mit ihm zu tun hätte. Dass es nur eine meiner verwirrten Reaktionen auf irgendetwas war. Er kenne mich doch. Ich höre mich selbst reden. Nach meinem unbeholfenen Monolog sagt er mit größtmöglicher Resolutheit: »Gestern war gestern, und heute geht das Leben weiter, Lois.«

Sofort beginne ich zu weinen. Mich überfällt eine Kraft, die alles in mir dreht und es mir ermöglicht, mich kurzerhand zum Opfer zu erklären. Inbrünstig klage ich ihn nun an. In hysterischem Tonfall frage ich ihn, wieso er mir das jetzt noch mal sagen wollte, ob ich ihn wirklich deshalb noch mal anrufen sollte, ob das seine Rache sei. Und wie das gehe, mich einfach so abzuschreiben. Ob er mich denn überhaupt je geliebt habe.

»Lügner!«, brülle ich in den Hörer. Er geht nicht auf den Hagel meiner verzweifelten Fragen ein, genau wie ich es kenne. Selbst schuld sei ich, sagt er bloß und legt dann wieder einfach auf, ohne sich zu verabschieden. Das Tuten der Leitung schallt in mein Ohr und durchdringt meinen ganzen Körper. Ich halte das Telefon noch eine ganze Weile in der Hand, höre dem rhythmischen Ton zu, bis er schließlich verstummt.

Ein paar Tage später beginne ich, die traurigen Lieder der Verlassenen zu hören, gehe mit ihnen zu Bett und wache zu ihnen auf. Es macht mich wahnsinnig. Nichts kann mich davon ablenken. Ich will auch gar nicht abgelenkt werden. Es meldet sich sowieso niemand bei mir. Er nicht, meine Mutter nicht, und auch Mirabel scheint meine soziale Isolation ohne Protest zu akzeptieren. Und diejenigen, die sich melden, interessieren mich nicht. Auch nicht der Barmann, obwohl ich doch wollte, dass er mich zu jemand Besonderem macht. Das scheint er jetzt zu tun, er will mich sehen. Da sei doch etwas gewesen zwischen uns. Plötzlich schickt er mir Fotos von Tiervermisstenanzeigen als Erinnerung an unsere Zeit, die für mich längst verjährt ist. Mein Lechzen nach seiner Aufmerksamkeit war nur die verzweifelte Suche nach irgendetwas, das mir wieder Bedeutung zuschreibt, das weiß ich jetzt. Ich ignoriere ihn und alles, was mich ablenken könnte. Selbstbestrafung in Höchstform. Auch dass ich nichts gegen die hängenden Köpfe meiner Pflanzen tue, gehört dazu. Ich kann mich selbst nicht pflegen, matt, angeschlagen, halb tot, wie sollte ich sie dann pflegen? Sogar Spenda liegt lieblos in der Ecke. Ihr Stuhl bleibt leer. Mit Nagellackentferner habe ich versucht, das Herz unter ihrer Brust zu entfernen. Nach der Hälfte habe ich aufgegeben, auch weil das Aceton, das ich achtlos über die Stelle gekippt hatte, mich in Schwindel versetzte. Den riesigen Haufen selbst fabrizierten Schutt kann ich ohnehin nicht einfach mit Hochprozentigem wegwischen. Ich stehe in einem Moloch, knietief. Mein neues Schicksal könnte vielleicht sein, einfach darin zu ertrinken.

Mein Telefon klingelt. Ich zögere bis zum allerletzten Klingeln, bis ich abnehme.

»Ah, hallo, ich wollte gerade auflegen.«

Wieder er. Ich antworte mit Schweigen.

»Redest du nicht mehr mit mir?«

»Doch! Doch, natürlich. Natürlich rede ich noch mit dir!«, sage ich nun überschwänglich. »Bitte, sag, was ich dir Gutes tun kann, Liebster!«

Meine kaltherzig ironische Art mochte er noch nie. Er schnalzt abfällig mit der Zunge. So weit ist es gekommen, so weit sind wir voneinander entfernt, dass ich ihn noch nicht einmal mehr provozieren kann.

Mit betont ruhiger Stimme fragt er: »Wieso bist eigentlich genau *du* so scheiße zu *mir?*« Und bevor ich zum großen Gebrüll ansetzen kann, beginnt erstmals er einen Monolog: »Du bist hier die Lügnerin, Lois, nicht ich.«

Und dann erzählt er mir, dass er, kurz nachdem ich ihm versehentlich das Foto von Spenda geschickt hatte, zu mir gehen, mit mir reden, mich in seine Arme nehmen wollte, um alles wieder gut werden zu lassen. Dass er nicht weit von meiner Haustür entfernt in Mirabel rannte, die gerade von mir kam.

»Du kannst dir ja sicher denken, was dann passiert ist.«

Ich schmeiße den Hörer aufs Sofa und schreie in eines der Sofakissen, nehme den Hörer dann wieder in die Hand und höre weiter zu, wie er von ihrem Gespräch erzählt. Quälend lang lässt er sich Zeit, spricht so deutlich wie nie, während er mir vorhält, dass ich meinen engsten Vertrauten beschissene Halbwahrheiten aufgetischt habe. Ich kann nichts erwidern, aber auch nicht auflegen.

Er erzählte Mirabel von unserer Trennung, von der sie nichts wusste. Und sie ihm von meinem Aids-Test, von dem er nichts wusste.

»Und danach wolltest du einfach nichts mehr von mir wissen, oder was?«, frage ich, als er endlich fertig ist. Mit einer stumpfen Kinderschere schneide ich währenddessen alle welken Blüten meiner Pflanzen ab.

»Du hast mich angelogen«, sagt er.

»Ich habe dich nicht angelogen, ich wollte die Sache erst mal mit mir selbst ausmachen.«

»Und was ist dabei rausgekommen?«

Aus Verzweiflung fange ich an zu lachen und verkünde viel zu überschwänglich: »Ich muss mich nicht mehr umbringen!«

Bevor er etwas sagen kann, rede ich weiter: »Und jetzt bin ich nicht tot und habe mich trotzdem umgebracht. Weißt du denn eigentlich, was das alles bedeutet?!«

Ich klinge manisch. Den letzten Satz kreische ich.

Und dann sagt er etwas, das mich umhaut, mich in das tiefste Geschoss eines unterirdischen Bunkers schickt, aus dem ich nie wieder ans Tageslicht gelangen werde. »Du wolltest feige sein wie dein Vater, das weißt du schon, oder?«

Ich bin genau da, wo ich doch nie hinwollte: An dem Ort, wo der Sack mit meinen Emotionen liegt.

Ich irre durch die Wohnung in der Hoffnung, meine Gedanken irgendwo auf dem Weg durch die Zimmer zu verlieren. Ich verrücke den Tisch im Wohnzimmer mit inbrünstiger Kraft. Wie ein Gewichtheber schreie ich vor Anstrengung. Es rattert, der Fußboden zittert. Nun steht er sonderbar platziert in der Mitte des Raumes. Die Lampe hängt nun nicht mehr zentral über der Tischplatte, sondern ein paar Meter über dem leeren Dielenboden. Ich hieve die Pflanzen von einer in die andere Ecke, den Fernseher auch, ziehe alle Stecker aus der Wand. Die Stühle kommen ins Arbeitszimmer, wo sie sich sinnbefreit stapeln. Das Umrücken der Möbel fühlt sich an, als würde ich auch die Koordinaten in meinem Hirn verstellen. Ein paar Zentimeter schon, meine ich, würden mir helfen, mein Leben komplett neu zu justieren. Als ich die Kommode im Schlafzimmer mit einem heftigen Ruck direkt vor das Bett schiebe, schießt die oberste Schublade wie die Zunge eines Reptils heraus und spuckt den Inhalt aus. Unterwäsche und Socken. Dazwischen entdecke ich, was ich vor wenigen Tagen dort verstaut hatte, als ich noch dachte, dass ich springen würde. Jetzt, wo eh alles verloren ist, wage ich es, die Umschläge zu öffnen, die ich heimlich dem Duden meiner Mutter entnommen habe. Ich hatte sie längst vergessen. Ein zweites Mal liegen sie nun vor mir, fast wie eine Offenbarung. Ich muss wohl, denke ich. Sie sind nicht zugeklebt, das erleichtert mein Gewissen.

Es ist ruhig hier im Nichts. Ich stehe mitten im Wald, kilometerweit erstreckt er sich in alle Himmelsrichtungen ohne ein ersichtliches Ende. Ich komme immer dann auf den Friedhof, wenn ich alleine sein will und doch nicht so richtig. Zwischen all den Toten, die links und rechts von mir in akkurat geplanten Reihen unter kiloschwerer Erde begraben liegen, bekomme ich genau das, was ich in solch einem Moment brauche. Ich kann alleine sein, fühle mich aber nicht einsam. Ich spaziere zwischen ihnen entlang, stelle mir vor, wie all ihre Körper einmal lebendig waren. Es ist das ultimative Bild der Endlichkeit: Nichts ist für immer. Irgendwann wurde das mal so festgelegt. Das beruhigt mich. Ich meine, wohin sollte das alles führen, wenn jeder ewig hierbleiben dürfte? Aktuell sind es siebeneinhalb Milliarden auf diesem einen kleinen Planeten, der zu zwei Dritteln aus Wasser besteht, das muss man sich mal vorstellen. Die Erde wird sich irgendwann schütteln, weil sie uns alle nicht mehr ertragen kann, und dann beginnt der ganze Kreislauf wieder von vorne. Es wird ein erstes Lebewesen geben und ein zweites, und danach werden immer mehr von ihnen dazukommen.

Da ich schon früh mit dem Tod konfrontiert war, fühlt er sich für mich sehr viel realer an als für Mirabel oder Heinrich. Für sie ist dieser Moment noch immer weit weg, und wenn man etwas nicht aus nächster Nähe erlebt hat, wirkt es oft größer, als es eigentlich ist. Glaube ich. Das Ausmaß des Todes, das Gefühl zu ihm ist noch undefiniert. Das kann einem schon Angst machen. Und dann probiert man, sich die Fragen, die der Tod stellt, selbst zu beantworten.

Aus dem Muss heraus, mit einem toten Vater weiterzuleben, habe ich irgendwann angefangen, die Tatsache runterzurationalisieren. Es ist nicht so, dass mich sein Tod nicht berührt, doch die Eitelkeit, einzigartig zu sein, und zu glauben, das Recht zu besitzen, für immer zu bleiben, wurde bei mir früh ausradiert.

Der Friedhof gibt mir wie immer die gewohnte Ruhe. Das liegt auch an den Bäumen, die überall meterhoch um mich herum stehen, weit in den Himmel reichen und mich einkesseln. Zwischen ihnen fühle ich mich geborgen. Ich gehe zum Grab meines Vaters. Dritte Reihe, mittig. Damals hatte meine Mutter mich gefragt, wo er liegen soll. Ich habe diese Aufgabe sehr ernst genommen und bin akribisch und ziemlich lange den Friedhof abgelaufen, Zahlen murmelnd, bis ich genau diesen einen Platz auswählte.

Die Blumen sind welk, einige vertrocknet, wohl auch wegen der Hitze. Ich sollte öfter kommen. Mit meiner Hand streiche ich liebevoll über den Teil, wo ich glaube, dass er liegt. Eine zarte Entschuldigung. »Hallo, Papa«, murmle ich. Im Schneidersitz hocke ich mich vor das Grab. Efeu hat über die Jahre hinweg einen Großteil davon überwuchert. Hinten rechts neben dem Grabstein steht ein gerahmtes Foto von ihm. Neben dem Bild, das ich damals retten konnte, hatte auch meine Mutter eines vor ihrem eigenhändigen Vernichten aller Bilder bewahrt. Ich robbe nach vorne und lege mich genau neben das Grab, so als würde ich direkt neben ihm liegen. Dann drehe ich meinen Kopf zu dem Foto, nehme es in die Hand und halte es gegen den Himmel. Es sieht schön aus, direkt vor dem knalligen Blau da oben, wolkenlos, drum herum nur wehende Baumkronen in der Unschärfe. Während ich so auf dem Rücken liege, schaue ich mir meinen Vater mit sezierendem Blick an. Die grünen Augen, die spitze Nase, die unregelmäßig gewachsenen Bartstoppeln. Die Ohrläppchen, die genauso wenig Ohrläppchen sind wie meine. Kaum Fleisch dran. So oft schon habe ich das getan, ihn auf diesem Bild angestarrt, von einem Detail zum nächsten. Und immer wieder glaube ich, etwas Neues an ihm zu entdecken. Mich fasziniert der Gesichtsausdruck, den er auf diesem Foto hat. Er sieht glücklich aus, lächelt, und doch glaube ich, Schwermut hinter seinen Augen zu erkennen.

»Mann, Papa, was hat dich bloß umgehauen«, flüstere ich in den buschigen Efeu. Eine ganze Weile liege ich so da, bis plötzlich der Friedhofsgärtner mit Schubkarre und Harke kommt. Er sieht kauzig aus, wie gewohnt. Ich glaube, man muss so sein, wenn man beschließt, sein Leben unter Toten zu verbringen. Er nickt mir mürrisch zu und beginnt, den Weg von Blättern und platt getretenen Blüten zu befreien. Meine Beine ragen auf den Weg. Er sagt nichts, harkt automatisiert um sie herum. Ich ziehe sie trotzdem zu mir heran, will ihm die Arbeit erleichtern. Er kennt das Bild von mir, dort neben meinem Vater liegend. Seit Jahren komme ich hierher und leiste ihm auf die Weise Gesellschaft. Andere würden es wohl pietätlos finden, wie ich mich fläze. Doch auch wenn wir noch nie ein Wort gewechselt haben und er sich noch nie etwas hat anmerken lassen, freut er sich, glaube ich, dass ich diesen Ort zu einem lebendigen mache. Von da unten beobachte ich ihn also und frage mich, was er nach Feierabend wohl macht, ob er Familie hat oder so. Vielleicht liegen ja auch seine Angehörigen hier irgendwo und er will ihnen nah sein, möglichst viel Zeit mit ihnen verbringen. Genau wie ich mit meinem Vater. Früher irritierte es mich, dass an so einem zeitlosen und besinnlichen Ort wie einem Friedhof eine Form von Alltag herrscht. Der harkende Mann hier vor mir. Auf einer Bank auf der kleinen Lichtung ein anderer, der immer da ist, wenn ich es bin, und kochend heißen Tee aus einer Thermosflasche trinkt. Zu jeder Jahreszeit dampft es aus dem kleinen Plastikbecher zwischen seinen Händen. Auch mit ihm habe ich noch nie gesprochen. Die Lebensgeschichte von denen, die noch leben, gehören hier nicht her. Die Trauer und das Gedenken an die Vergangenheit müssen im Stillen passieren. Wer sich auslässt darüber, wie schlimm es doch sei, dass man alleine ist, ist ein Egoist. Das sagte mir meine Mutter damals bei der Beerdigung meines Vaters eindringlich. Man müsse Menschen gehen lassen, könne sie nicht bloß aus eigenem Verlangen heraus dabehalten. Selbst am Grab vergoss sie keine Träne. Ich hörte sie nur heimlich abends im Schlafzimmer schluchzen, und morgens konnte ich an ihren Augen erkennen, dass sie die ganze Nacht geweint haben musste.

Als ich gerade zum Ausgang schlendere, springt mir ein Schild in die Augen. »Nicht kirchlicher Friedhof« steht darauf. Ich habe diese Worte noch nie vorher gesehen und schaue im Internet auf meinem Handy nach. Mir wird übel. Mein Vater liegt auf einem Friedhof, auf dem vor langer Zeit Menschen ohne Identität und Selbstmörder begraben wurden. Bevor ich das Gelände verlasse, gehe ich noch mal zum Gärtner, der mittlerweile ein paar Gänge weiter ist, und stelle ihm eine Frage, die ich noch nie jemandem gestellt habe: »Wissen Sie, ob mein Vater sich umgebracht hat?«

Er wirkt überfordert, natürlich, das wäre ich bei dieser Frage auch. Aber wir kennen uns doch irgendwie, denke ich, immerhin liege ich ihm seit über einem Jahrzehnt immer wieder im Weg. Als er nicht antwortet, frage ich ihn noch mal, etwas energischer. Noch immer kommt nichts aus ihm heraus. Langsam wird es unhöflich. Was ist los mit ihm?

»Dürfen Sie so was nicht sagen? Ich war seine Tochter!« Er zuckt mit den Schultern und gibt merkwürdig verzweifelt fast etwas animalisch klingende Laute von sich.

»Der kann nicht sprechen, der ist taubstumm«, sagt der Mann mit der Thermosflasche.

Die Baumkronen sind fast auf Augenhöhe. In regelmäßigen Abständen verdecken sie die Strahlen der Sonne, die auch am Nachmittag den Horizont noch immer zum Flimmern bringen. Im Bus dagegen ist es unmenschlich kalt. Ich habe meinen Pullover über den Kopf gezogen und versuche, mich gegen die künstliche Kälte der Klimaanlage zu schützen, knete mit den Händen meine Füße, um den Blutfluss wieder zu reaktivieren, bevor alles abstirbt. Ich bin kurz davor, den Fahrer anzuranzen, ob er uns eigentlich alle umbringen wolle. Doch anscheinend bin ich die Einzige, die friert. Die Körper meiner Mitreisenden hängen tiefenentspannt in ihren Sitzen. Lesend, essend, schlafend. Ich merke, wie die Kälte schon meine Nasenspitze erreicht hat. In meiner Unruhe habe ich kurz vergessen, dass ich gerade auf dem Weg nach Polen bin und meine Mutter neben mir sitzt. Auch deshalb entscheide ich jetzt erneut, nichts zu sagen, ich will sie nicht stören. Sie würde mein Gezeter von allen Anwesenden am meisten nerven. Ungewohnt eng sind wir nebeneinander eingepfercht, dafür gewohnt schweigsam, auch weil sie rätselt, natürlich.

Und wieder liegt der Duden aufgeklappt auf ihrem Schoß. Sie sieht selig aus, wenn sie auf eine der dünnen, eng beschrifteten Seiten schaut. Ihr schmaler Finger streift die Spalten entlang, während ihr Blick konzentriert die Wörter absucht. Bevor sie umblättert, befeuchtet sie jedes Mal Zeigefinger und Daumen mit ihrem Speichel.

Ich weiß nicht, wie das geht, im Bus zu lesen. Mir wird übel, jedes Mal. Eigentlich dachte ich, dass das aufhört, wenn man älter wird. Aber diese elendige Reisekrankheit habe ich bis heute nicht überwunden. Noch beim Einstieg erinnerte mich meine Mutter daran, wie ich nach dem Tod meines Vaters in das gut gepflegte Auto ihres neuen Freundes gekotzt habe. Wir waren auf dem Weg nach Schweden. Eingekerkert saß ich hinten, und es war bullig heiß. Auch weil dieser mir fast fremde Mann einen Wagen fuhr, in dem der Motor nicht vorne, sondern hinten verbaut war. Ich schwitzte und hatte kaum Sicht nach draußen. Der Gedanke, mit diesem Auto wie eine Familie zu verreisen, ergab in keinem Moment Sinn. Er schlug es trotzdem vor. Zu dritt rasten wir über Autobahnen, fuhren mit der Autofähre, dann weiter durch Dänemark, später stundenlang durch dieses unendlich große Schweden bis ganz nach oben in den Norden.

Als wir vorhin in den Bus stiegen und meine Mutter mir die Geschichte erzählte, erwiderte ich unterkühlt, dass mein Malheur bei diesem Mann ja wohl kein Wunder gewesen wäre. Überraschenderweise lachte sie bloß.

Ich betrachte sie aus dem Augenwinkel. Das funktioniert gut, weil ich meine Rückenlehne etwas nach hinten gestellt habe und ungeniert im Sitz versinken kann. Sie dagegen sitzt kerzengrade, das Kreuzworträtselheft auf dem winzigen Klapptisch aus Plastik vor sich liegend. Alles an ihr sieht akkurat aus. Sogar das Heft liegt mit seinem Ausmaß fast passgenau auf dem Tisch, als hätte sie ihn vorher ausgemessen. Ich schaue an mir herunter, mein Pullover voller Krümel vom Croissant von vorhin, und frage mich, ob ich jemals so kontrolliert wirken werde wie sie. Ich habe meine Mutter lange nicht mehr aus der Nähe beobachten können, ohne dass es unangenehm wurde zwischen uns. Vielleicht sogar überhaupt noch nie. Merkwürdig ist dabei allerdings weniger die Tatsache, dass ich sie so distanzlos anglotze. Eher die, dass wir zusammen in diesem Bus sitzen, auf dem Weg nach Polen. Am Telefon fragte sie nur, wann der Bus abfahre. Keine Sekunde hatte sie gezögert, sagte zum Schluss des Gesprächs einfach: »Okay, bis dann!«

Als ich sie fragte, ob wir zusammen wegfahren wollten, hätte ich erwartet, dass sie ungläubige Fragen stellen würde. Sie wären berechtigt gewesen. Die Selbstverständlichkeit ihrer Zusage irritierte mich jedenfalls mehr, als dass sie kein einziges Mal sagte, dass sie sich freue. Damit hatte ich ohnehin nicht gerechnet.

Die Kilometer werden rasch weniger. Kein Stau, keine Panne. Verzögerung gibt es bloß durch einen Jungen, der dringend auf Toilette muss. Da es keine an Bord gibt, hält der Fahrer am Rand der Landstraße. Eigentlich sehr kulant von ihm, aber eine äußerst unangenehme Situation für den Jungen. Alle auf der rechten Seite schauen aus dem Fenster hinaus zu ihm. Wir auch. Da steht er mit heruntergelassener Hose hinter der Leitplanke, weit und breit kein Baum oder Gebüsch, nichts, was ihn verdecken könnte. Er muss die Blicke all der fremden Menschen in seinem Nacken spüren, die auf ihn warten. Wie er sich da geniert am Schritt herumnestelt und seinen Kopf wie ein Schuldiger gesenkt hält, zeigt, wie peinlich ihm die Situation ist. Meine Mutter stößt mich von der Seite an. Wir beide wissen genau, an was uns die Szene erinnert. Ich im Wald mit meinem Vater, mein Unvermögen, auf das Taschentuch zu urinieren, um meine Wunden zu desinfizieren. Als sie anfangen will, mir zum hundertsten Mal diese Geschichte zu erzählen, lege ich meinen Kopf unvermittelt auf ihre Schulter und schließe die Augen. Ich bilde mir ein, dass ihr Atem kurz aussetzt. Die verbleibende Stunde über verharre ich wie eingefroren in dieser Position.

Es ist grau, die Wolken hängen tief. Wie ein schwerer Teppich ziehen sie sich über jede freie Stelle des Himmels. Nur die Reihenhäuschen in Rot, Blau, Hellgrün und die schöne Kathedrale bringen Farbe ins Stadtbild. Eigentlich trotte ich schon seit zwei Stunden bloß meiner Mutter hinterher, schaue nach links und rechts und dorthin, worauf sie mit ihrem knochigen Finger zeigt. In ihrer Hand trägt sie eine Broschüre der Stadt. Alles ist hübsch und gepflegt, typisch Kleinstadt. Ein Marktplatz, drum herum diese bunten schmalen Häuser, dicht an dicht, ein Rathaus und etwa 25 Gotteshäuser, verteilt über die Stadt. Cafés mit Stuhlmeer unter riesigen Sonnenschirmen. Ein Brunnen, Wirtshäuser, die krause Petersilie als Garnitur zum Schweinebraten servieren und gepflasterte Wege, die wirken, als seien sie vor mehreren Jahrhunderten angelegt worden. Man sagt ja, dass Menschen, die viel sprechen, mehr in den Momenten verraten, in denen sie schweigen. Bei meiner Mutter müsste das genau umgekehrt sein. Ist es aber nicht. All die trockenen Informationen, die sie mir äußerst motiviert vorliest, wirken auch wieder nur wie ein Schutzschild, das sie vor das eigentlich Wichtige hält. Ich will ihr Fragen stellen. Und ich vermute, dass sie das ahnt. Wieso sonst sollte ich mit ihr irgendwohin fahren wollen.

Wir hätten keinen winzigeren Raum als diesen hier bekommen können, denke ich, als wir abends in der Pension einchecken. 14 Quadratmeter im Hinterhof. Das einzige Fenster des Zimmers ist nicht etwa in die Mitte der drei Meter langen Wand gesetzt, sondern merkwürdig in die linke Ecke gerückt. Ein Kerker mit Luke. Wenn man nicht gerade im Bad ist, kann man nur auf dem Bett liegen oder kerzengerade zwischen Wand und einem der insgesamt drei Möbelstücke stehen. Wand und Bett, Wand und Tischchen, Wand und Schrank. Ich lege mich hin. Mein Blick fällt, egal wie ich mich wende, auf kahle gelblich graue Tapete. Die Stellen, die wie Schatten aussehen, sind bloß Spuren der vergangenen Jahre.

Als wir später nach dem Abendessen rauchend auf dem Marktplatz sitzen, sammelt sich ein Pulk Tauben vor uns. Schöne Viecher, nicht so abgekämpft wie die zu Hause. Ihr Gefieder ist in erdigen Tönen gehalten, ein stumpfer Glanz liegt darauf, als würden sie es pflegen. Wenn meine Mutter sich doch immer bloß an Vergangenes erinnert, ob sie wohl genau jetzt auch an diesen einen Satz denkt? Und plötzlich sagt sie tatsächlich: »Tauben werfen sich vor ein fahrendes Auto, wenn sie nicht mehr leben wollen. Das sagte dein Vater immer.«

Jedes Mal, wenn sie von ihm spricht, sagt sie »dein Vater«. Als wollte sie den Keil zwischen uns noch fester rammen. Sie schiebt ihn so weit weg von sich, dass es wehtut. So als hätten sie sich nie gekannt. Dabei ist es doch am Ende nur er, der uns miteinander verbindet. Ich frage, ob sie daran glaube, an die suizidalen Tauben. Statt etwas zu sagen, kramt sie in ihrer Handtasche und holt ihr Portemonnaie heraus, klappt es auf, fischt ein Foto zwischen den Geldscheinen hervor. Es ist eins von ihm. Ein anderes als meins, auch nicht das, welches am Grab steht. Ich habe es noch nie gesehen. Die Ränder sind aufgeworfen, die Oberfläche an manchen Stellen bis zum blanken Fotopapier zerschlissen. Ihn erkennt man trotzdem noch. Das Foto zeigt ihn allein im Badezimmer im Profil. Er begutachtet sich kritisch im Spiegel und scheint nicht zu bemerken, wie jemand ihn durch die halb geöffnete Tür durch eine Kamera beobachtet. Auch auf diesem Bild sieht er wieder so schwermütig aus. Aus dem Augenwinkel bemerke ich, wie meiner Mutter plötzlich eine Träne die Wange hinunterläuft. Irgendetwas hält mich davon ab, ihr meinen Arm um die Schulter zu legen, ich starre einfach weiter auf meinen Vater, so lange, bis sie das Bild hastig einsteckt und mit ihrem Ärmel subtil ihre Wange trocknet.

Sie fixiert jetzt ein Pärchen, das an uns vorbeiläuft. Er läuft voraus, deutlich schneller als sie. Ihre hohen Schuhe wollen nicht so elegant über das Kopfsteinpflaster stolzieren, wie ihr Körper es gerne hätte. Es sieht ziemlich anstrengend aus, wie ihre Stilettos in die Zwischenräume der Steine rammen und dort immer wieder stecken bleiben. Die zwei müssen großes Verständnis füreinander haben, denke ich zynisch, als ich ihn vor ihr gehen sehe, fast als würde er vor ihr fliehen. Nicht ein besorgter Blick nach hinten, kein Stützen, kein Huckepack. Mein klischiertes Bild der Frau gipfelt beim Blick in ihr Gesicht. Sie, um die 50, versucht mit allen Mitteln, ihr dreißigjähriges Ich zu konservieren. An jeder Stelle ihres Körpers sieht man, wie sehr sie sich ewige Jugend wünscht. Die Lider etwas zu hoch getackert, die Stirn so glatt und ebenmäßig modelliert, dass sie das Licht der Laternen reflektiert. Ihre Lippen sind so prall wie ihr Hintern, und die braun gebrannten Brüste blitzen aus der weit aufgeknöpften weißen Bluse hervor. Ich schaue meine Mutter an und sehe ein natürlich alterndes Wesen. Ihre Wangen haben etwas an Spannung verloren. Nase und Ohren sind größer geworden. Ihr Gesicht ist voller Falten, auf der Stirn, die Zornesfalte besonders ausgeprägt, die Raucherfalten um die Mundpartie nicht mehr so fein wie früher. Dafür fehlen Lachfalten um Mund und Augen. Ob die Furchen eines Gesichts wohl tatsächlich den Grundgemütszustand im Leben eines Menschen spiegeln? Ich schaue der operierten Frau hinterher.

»Ich versteh nicht, wieso Menschen nicht sterben wollen, wenn sie doch gar nicht zufrieden sind mit sich«, stelle ich trocken fest.

»Meinst du etwa, die da ist nicht zufrieden mit sich?«

»Schau sie dir doch an, sie ist doch komplett zerschnippelt.«

»Ich denke ja eher, dass sie nicht mit dem Ende konfrontiert werden will, damit sie glauben kann, immer noch etwas Besseres aus ihrem Leben machen zu können.«

»Das meine ich ja, sie ist nicht zufrieden mit dem, was sie ist – was soll denn da noch kommen?!«

»Du klingst vermessen. Ist es nicht schwach, einfach aufzugeben, weil man den Glauben nicht mehr in sich hat, dass alles doch noch mal schön oder einfach noch besser werden kann?!« Ihre Worte klingen beinahe wütend.

»Ist ja gut«, beruhige ich sie. Sie atmet hörbar ein und aus, es klingt, als würde sie schnaufen.

»Ich wollte einfach nur sagen, dass ihr Aussehen sie daran glauben lässt, noch ewig Zeit zu haben, ganz ohne Druck. Während die Jahre, Monate, Tage, die einem verbleiben, von Jahr zu Monat zu Tag weniger werden, lebt sie in dem Glauben, dass alles noch kommen kann«, sagt sie, nun wieder etwas ruhiger.

»Die Spuren der Zeit sieht man doch trotzdem jedem an, ob mit oder ohne Operation. Ich finde es schlimm, in ein Gesicht zu schauen, das den verzweifelten Kampf eines tieftraurigen Menschen verrät, der sich selbst ganz offensichtlich kein Stück erträgt.«

»Ich weiß es ja auch nicht. Es kann so viele Gründe haben, wieso sich ein Mensch selbst nicht erträgt …« Kurz klingt sie ungehalten. Am Ende des Satzes ist ihre Stimme ohne jede Hoffnung.

Mehr oder weniger stumm sind wir zu dem kleinen Hotel in der Nähe des Marktplatzes spaziert. Der Mond lässt die Pflastersteine der mittelalterlichen Gassen aufleuchten. Wenn ich es nicht besser wüsste, müsste ich über die Absurdität lachen, dass alles hier so wirkt, als hätte jemand eine Bühne eingerichtet und uns als Protagonistinnen mitten in dieses Bühnenbild gesetzt. Leider ohne Regieanweisungen.

Das Bett ist ziemlich schmal für uns zwei. Ich erinnere nicht, dass wir jemals zusammen in einem Bett geschlafen haben. Sicher gab es das früher mal, aber davon weiß ich nichts mehr. Jedenfalls ist es mir unangenehm, ihr so nah zu sein. Es fühlt sich falsch an. Das muss man sich mal überlegen: Da trägt ein Mensch einen anderen 280 Tage *in* seinem Bauch, presst ihn aus sich heraus, nimmt ihn direkt danach, noch eingeseift mit Käseschmiere, in den Arm und hält es für das größte Geschenk, es mit der Milch seiner Brüste zu ernähren. Wie kann es sein, dass sich diese beiden Menschen später unwohl fühlen in der Nähe des anderen?

Jetzt jedenfalls liegen wir nebeneinander, kahl und rein im Gesicht. Ich in einem etwas zu großen Schlafanzug, sie in einem Nachthemd mit Spitze, das ihr ziemlich gut steht. Als sie aus dem Badezimmer trat, wollte ich es ihr sagen, ließ es aber und wünschte ihr bloß eine gute

Nacht. Das Licht ist aus, und es dauert, bis ich die Umrisse des Zimmers wieder erkenne. Ich bin noch nicht müde genug, um die Augen zu schließen, und starre lieber eine Weile umher, ohne dabei den Kopf zu bewegen. Ich will meine Mutter nicht stören. Außerdem will ich nicht nervös wirken. Also schwingen nur meine Augäpfel lautlos von einer zur anderen Seite, nach oben, unten, links und rechts.

Als der Wecker am nächsten Morgen klingelt, wird meine Mutter nicht wach. Ich bin erleichtert, betrachte für einen Moment die schlafende Frau neben mir und husche aus dem Bett ins Bad unter die Dusche. Sie röchelt noch immer zaghaft, als ich, geduscht und angezogen, knapp eine Stunde später wieder auf meiner Bettseite liege. Eigentlich wäre es gut, wenn sie noch möglichst lange schläft, damit wir nicht zu lange Zeit im Wachzustand miteinander verbringen müssen. Die Stunden sind gezählt. Morgen nach dem Frühstück fahren wir wieder. Es muss ein Scherz sein, denke ich, dass ich uns so selbstbewusst in diese Situation gelenkt habe und jetzt wie ein verschüchtertes, reumütiges Kind neben ihr in diesem Bett liege. Als meine Mutter plötzlich aufschreckt, braucht sie einen Moment, um zu realisieren, wo sie ist und mit wem. Es vergehen zwei oder drei Sekunden, bis sie mir überraschend fröhlich einen guten Morgen wünscht, um dann direkt unter die Dusche zu verschwinden. Sie braucht deutlich kürzer als ich. Im Frühstücksraum, der an Jugendherberge erinnert, gibt es Kaffee mit Sahne aus der Dose und eine Scheibe Graubrot mit Margarine und Scheibenkäse. Danach pilgern wir durch die Stadt. Dem Stadtführertalent meiner Mutter sei Dank, haben wir den größten Teil davon bereits gestern gesehen, stellen wir bald fest. Nun schlendern wir ohne konkretes Ziel durch die Straßen. Es verunsichert mich. Ich erwische mich immer wieder bei den krampfigen Gedanken, wo wir als Nächstes etwas essen oder in welchem Laden wir möglichst viel Zeit verbringen könnten und wohin es danach gehen könnte.

Dass ich in fast jede Kirche gehen möchte, an der wir vorbeikommen, ist ebenfalls ein Resultat meiner latenten Panik. Ich erkläre ihr, dass es viel zu heiß sei und uns eine Abkühlung in den mittelalterlichen Gemäuern guttun würde. Vor der fünften Kirche zögert meine Mutter kurz, kommt dann aber doch noch einmal mit. Im Inneren ist es wieder deutlich kälter als draußen. Wir schauen an den meterhohen Wänden der Seitenschiffe empor. Unsere Blicke streifen minutenlang über die Deckengewölbe, fein säuberlich mit Szenen aus der Geschichte der Heiligen bepinselt. Ich habe keine Ahnung von diesen Geschichten, von all den Gleichnissen, die sich ja vielleicht ganz gut aufs Jetzt übertragen ließen. Das ärgert mich, ich hätte meiner Mutter gern eine dieser Geschichten erzählen wollen. Andererseits entspannt mich das Gefühl, im Inneren der Kirche nicht miteinander reden zu müssen, weil sich das, so meint man ja, nicht gehört. Ich schreite betont bedächtig durch die Gänge und schaue durch die vergitterten Fenster der hölzernen Beichtkabinen, frage mich, wer hier zuletzt wohl gebeichtet hat. Und vor allem, was.

Ich erinnere mich an eine Zeit meiner Jugend, als ich abends im Bett mit jemandem gesprochen habe. Die Gespräche habe ich mit »lieber Gott« begonnen, obwohl ich nie wirklich an einen geglaubt hatte. Mit mir selbst zu sprechen, kam mir aber noch bekloppter vor. Damals hatte ich das dringende Bedürfnis, bestimmte Dinge auszusprechen, die mir vor Mirabel oder Heinrich unangenehm waren. Der liebe Gott schien ein guter Gesprächspartner zu sein. Aus Höflichkeit sagte ich jedes Mal wohlerzogen ins Nichts, wie es ihm, also Gott, so gehe und dass es mir leidtue, dass ich mich so lange schon nicht mehr gemeldet hätte. Denn eigentlich rief ich ihn nur an, wenn es mir nicht besonders gut ging, wenn es ein Problem oder gleich eine ganze Kette davon gab. Auch deshalb hatte ich häufig ein schlechtes Gewissen, dachte, er würde mich irgendwann nicht mehr erhören, weil er sich ausgenutzt vorkommt oder mich egoistisch findet. Daher erzählte ich ihm, bevor ich zu meinem eigentlichen Thema kam, zunächst davon, wie sehr ich ihm für alles danke und wie zufrieden ich sei, weil es ja so vielen anderen auf dieser Welt viel schlechter gehe als mir. Am Ende jedoch kam immer das große Aber, mit dem ich ihm versuchte klarzumachen, dass es auch mir wirklich schlecht geht. Meist stellte ich ihm nach der Schilderung des Problems Fragen, die mich in meinem jugendlichen Dasein umtrieben. Verzweifelte Fragen, ohne tiefer gehenden Inhalt. Direkt danach – eine konkrete Antwort kam ja sowieso nie – bat ich dann doch etwas fordernder um sofortige Lösung von oben, lange nämlich würde ich es so nicht mehr aushalten. Über das Gespräch, das ich mit Gott in meinem Kopf führte, schlief ich meist ein. Wenn Probleme wiederkehrten oder sich nicht lösen wollten, glaubte ich, dass es die gerechte Strafe dafür sei, dass ich mich nie höflich genug von ihm verabschiedet hatte.

Als ich mich umdrehe, sehe ich meine Mutter nicht mehr. Ich gehe hinaus auf den Vorplatz. Nichts, ich gehe wieder hinein. Und dann entdecke ich sie ganz vorne, rechts neben dem Altar, mit dem Pfarrer stehen. Sie unterhalten sich, mit Händen und Füßen, große Gesten. Nun kommt sie mir mit ihm durch den Mittelgang entgegengelaufen.

»Komm mit«, sagt sie im Vorbeigehen und streicht dabei über meine Hand. Meiner Mutter ist es gelungen, den Pfarrer zu überreden, uns die Stufen des Kirchturms bis in die Glockenkammer hinauf mitzunehmen. Ich bin überrascht von ihrer Spontaneität und der fast schon abenteuerlustigen Idee. Wir nehmen eine schmale Wendeltreppe nach oben. Ich laufe hinter den beiden. Die Stufen sind unregelmäßig hoch, uneben. Es ist schwer, einen Rhythmus zu halten, trotzdem gelingt es mir, im Gleichschritt mit meiner Mutter zu bleiben. Der Aufstieg scheint unendlich. Ich zähle die Stufen im Kopf mit und versuche, immer wieder einen Blick durch die schmalen Fenster im dicken Gemäuer nach draußen zu erhaschen. Eine halbe Ewigkeit später, beinahe mit der letzten Stufe, beginnt über uns die schwere Glocke zu läuten und dröhnt für mehrere Minuten in mörderischer Lautstärke. Meine Mutter und ich halten uns die Ohren zu. Der Pfarrer zeigt uns mit einem breiten Grinsen beide Daumen nach oben, dann verschwindet er. Meine Mutter und ich lachen für einen Moment gegen das Getöse an.

Vorsichtig wagen wir uns aus dem düsteren Treppenaufgang hinaus auf den Umlauf, ins Licht, wo bloß noch ein Gitter gespannt ist. Von hier oben sieht die Stadt winzig aus, wie in einem Architekturmodell. Wir blicken eine Weile nach unten und können ungestört die umherwuselnden Menschen beobachten. Auch den Pfarrer sehen wir nun plötzlich aus der Kirche laufen. Sein schwarzes Gewand plustert sich auf mit jedem seiner hastigen Schritte. Es ist windig geworden. Unsere Haare stehen in Böen senkrecht nach oben. Meine Mutter sieht lustig aus.

»Du bist lange nicht mehr dort oben gewesen«, sagt sie. Mit ihrem Satz beruhigt sich der Wind.

Ich gucke sie irritiert an.

»Wie geht's eigentlich Mirabel? Sonst warst du doch immer mit ihr da.«

Jetzt verstehe ich, zögere jedoch. Woher weiß sie, dass ich nach meinem Besuch neulich im OG Unsichtbar war? Dass sie sich überhaupt zu interessieren scheint für das, was ich tue, und offenbar auch weiß, dass ich schon als Kind dort oben gewesen bin, überrascht mich. Und trotzdem habe ich auch jetzt wieder nicht das Gefühl, ihr irgendetwas von mir erzählen zu können. Ich lenke ab: »Hast du mir etwa wieder nachgestellt, so wie damals auf dem Weg zur Schule?«

Wir lachen wieder, dann sagt sie mit starrer Miene: »Ich weiß genau, wie es klingt, wenn jemand statt den Aufzug nach unten die Stufen nach oben nimmt.«

Ein abgedämpftes, rhythmisches Tapsen höre man dann, erklärt sie. Da könne man noch so sehr probieren, lautlos zu gehen. Sie sagt es verächtlich. Ich fühle mich klein. Ruckartig schließt meine Mutter die Augen. Ihr Gesicht zieht sich merkwürdig zusammen, die Schultern gehen nach oben. Es sieht aus wie ein Krampf. Ihr Körper scheint mit einem Mal so ängstlich. Sie sieht nun gar nicht mehr nach der aus, die immer alles durchschaut und Emotionen für Zeitverschwendung hält. Als sie wieder die Augen öffnet, schaut sie direkt in meine, in ihren liegt Schock.

»Was ist los, Mama?« Sie antwortet nicht, wendet ihren Blick wieder ab und starrt auf den Vorplatz der Kirche.

»Hattest du Angst um mich, wenn ich nach oben ging?«, frage ich sie.

»Um deinen Vater.«

Ohne ein weiteres Wort, ohne einen weiteren Blick wendet sie sich ab und rennt wie von Sinnen die Treppe hinab. Es dauert einen Moment zu lange, bis ich glaube zu verstehen. Ich eile ihr hinterher. Kühle Luft strömt mir entgegen. Wo ist sie? Ich höre sie nicht, keinen ihrer Schritte. Oder doch? Da ist sie, denke ich, aber es ist nur der Pfarrer, der zurückgekommen ist. Ich erschrecke, als er mir entgegensteigt und den Weg versperrt. Ich kann kaum abbremsen in der schmalen Wendeltreppe, stoße ihn unsanft zur Seite, rase an ihm vorbei, mein Blick auf die schmalen Stufen geheftet. Ich renne, schlittere, meine Schuhsohlen rutschen von einer Stufe zur nächsten. Es ist der Alptraum, den ich schon so oft hatte: Ein nie enden wollendes Treppenhaus, hinter mir jemand, der mich kriegen will, Angst, die mich treibt. Jetzt ist es umgekehrt. *Ich* renne jemandem hinterher. Meiner Mutter. Ich muss sie einfangen, sie befragen. Und beschleunige noch mal. Unkontrolliert nehme ich die ungleichmäßigen Stufen, drei auf einmal. Ich renne meiner Vergangenheit hinterher. Jeder Schritt hilft mir, ihr näher zu kommen. Aber sie ist schneller als ich. Meine Lunge brennt. Endlich höre ich ihre flachen Absätze auf dem Stein, hole sie ein. Wie eine Sportlerin nach einem Sprint steht sie auf der Treppe, die Hände auf die Knie gestützt, den Kopf erschöpft Richtung Boden. Sie atmet schwer. Ich will sie fragen, was sie dort oben gerade zu mir gesagt hat, als sie sich aufrichtet, zu mir umdreht und meinen Kopf in beide Hände nimmt, wie ein

Trainer seinen Boxer zwischen zwei Runden. Sie zieht ihn zu sich, ganz nah, mein Ohr direkt an ihrem Mund. In einem eindringlichen Flüsterton sagt sie mit glasklarer Betonung: »Immer wenn ich die dumpfen Schritte gehört habe, wusste ich nicht, ob ich sie ein weiteres Mal hören werde.«

Kaum ausgesprochen, eilt sie weiter nach unten. Das Läuten der Glocke setzt wieder ein, hin und her geworfen von den jahrhundertealten Mauern. Es ist kaum zu ertragen. Ich laufe schneller, versuche zu realisieren, was sie mir da eben gesagt hat. Nun verlangsame ich mein Tempo doch, bleibe abrupt an einem der schmalen Fenster stehen. Es ist mehr ein Schlitz, durch den ich meinen Arm stecke. Ich spüre die Hitze draußen, die Sonne, wie sie meine Haut wärmt. Die Glocken sind verstummt, ebenso die Schritte meiner Mutter. Ich weiß nicht, wie weit ich gekommen bin. Ich fühle mich, als würde ich mich gleich in alle Einzelteile auflösen. Es ist ein gutes Gefühl, wie ein kurzfristiges High auf Schmerztabletten, nachdem man sich vor Schmerzen zuvor gekrümmt hat. Mein Atem hat sich beruhigt, meine Muskeln fühlen sich schlaff an. Vielleicht, denke ich, ist mein Körper auch einfach bloß taub. Ich zähle langsam bis drei und laufe dann weiter, nehme gemächlich eine Stufe nach der anderen.

In die Dunkelheit der letzten Stufen zieht warme Luft von draußen. Ich trete ins Licht. Meine Mutter ist weg.

Ich sehe sie erst wieder vor der Tür des Hotels. Dort

steht sie, rauchend. Mit zitternder Hand führt sie im Sekundentakt die Zigarette zum Mund. Sie sieht aus wie ein Junkie. Verzweifelt, verbissen, fast aggressiv. Ihr Blick nach unten, sieht sie nicht, wie ich mich nähere. Auf halbem Weg zu ihr überlege ich krampfhaft, wie es nun weitergehen soll. Wie ihr begegnen, wie mit ihr reden, wie zur Hölle später mit ihr in einem Bett liegen?

Ohne ein Wort zu sagen, stelle ich mich neben sie. Die Falten in ihrem Gesicht sehen um Zentimeter tiefer aus. Ihre Haut scheint die graue Wolkendecke zu absorbieren.

»Reicht dir das?«, fragt sie nun nüchtern, ohne mir einen einzigen Blick zu schenken. Ich zünde mir auch eine Zigarette an.

»Was meinst du?«

»Reicht es dir, zu wissen, dass er sich umgebracht hat?«

Fangfrage. Ich sage nichts.

»Du hast nie gefragt, Lois«, bohrt sie weiter.

Ich fühle mich gelähmt, so, als würde sie mich für alles beschuldigen, mir ein Desinteresse anhängen, zu dem gerade sie mich doch immer gedrängt hatte. Ich hätte Fragen gestellt, so viele, ganz sicher, wenn sie über all die Jahre auch nur den klitzekleinen Anschein erweckt hätte, mir auch nur eine einzige Antwort geben zu wollen. Und hätte ich vorher von den Briefen im Duden gewusst. Von dem liebevollen Säuseln ihrer Stimmen, das neulich auf dem Boden meines Wohnzimmers beim Lesen der Briefe in meinen Ohren erklang. Schon das kleinste dieser sanften Wörter, tastenden Halbsätze, der pragmatischen Liebesschwüre hätte gereicht, um zu verstehen, dass diese Frau und dieser Mann sich geliebt und bis zum Ende füreinander gekämpft hatten.

»Weißt du, wieso es keine Fotos von deinem Vater gibt, Lois?«, fragt meine Mutter ins Nichts.

»Wieso sagst du immer ›dein Vater‹?«, bricht es nun endlich aus mir heraus.

»Er ist doch dein Vater.«

»Ja, war er. Und *dein* Mann. Der, mit dem du zusammengelebt und ein Kind gezeugt hast. Mit dem du in einem Bett geschlafen und den du geliebt hast. Ich weiß das alles! Wieso sagst du nicht einfach ›Papa‹? Wieso tust du, als sei er ein Fremder? Und ja: Wieso standest du damals wie eine Hexe neben der Wäschespinne und hast alle Fotos von ihm verbrannt?«

Ich habe das alles in nur einem Atemzug gesagt und schnappe nach Luft. Mein Herz pumpt, als stünde ich kurz vor einem Kollaps. Ich fasse mir mit der Hand auf die Brust, die Berührung schwingt durch meinen ganzen Körper. Ich will an der Zigarette ziehen, aber sie ist an einem Stück abgebrannt. Ich lasse sie aus meiner Hand auf den Boden fallen, weiche mit meinen Augen dabei nicht von meiner Mutter, die stur in die Ferne starrt. Ich schaue sie fragend an, voller Erwartung. Was kommt, ist ernüchternd und wie immer nicht überraschend. Sie wolle sich nun erst mal frisch machen, sagt sie. Für 18.30 Uhr sei ein Tisch in einem Restaurant reserviert, dort würden wir unser Gespräch fortsetzen. Sie spricht wieder so professionell und gewohnt emotionslos, als seien wir Geschäftspartner, die sich gerade über einen Deal in die Haare bekommen haben, der bis morgen noch abgeschlossen werden muss. Ich folge ihr stumm die mit ausgewaschenem Teppich bezogenen Treppenstufen hinauf in unser Zimmer.

Vor einer halben Stunde hat sie mir erklärt, dass mein Vater sich selbst umgebracht hat. Jetzt stehen wir nebeneinander vor dem Spiegel in diesem winzigen Zimmer und pudern uns die Wangen. Wie bei einem schizophrenen Rollenspiel blenden wir aus, was eben noch war und auch, was uns gleich erwartet. Dabei weiß ich noch nicht einmal, was das genau sein wird. Sie hat das Ruder in ihren Händen und wird uns hinbringen, wo sie will.

Das Restaurant befindet sich in einem Kellergewölbe. Es ist urig hier drin. Grobe Wände aus Stein, Eichenbalken an der Decke, Tische und Stühle aus dunklem, abgewetztem Holz. Keine Ahnung, ob die gemütliche Atmosphäre genau die richtige ist, um über Selbstmord zu reden.

»Es war anders abgesprochen.«

Meine Mutter beginnt, ohne Vorwarnung, nachdem sie die Karte in aller Ruhe studiert hat. Sie muss sich räuspern, weil sie nicht mehr gesprochen hat, seit wir das Hotel verlassen haben.

»Er wollte es kleiner machen, nicht so auffällig. Ich

meine, wie viel mehr Aufsehen kann man erregen, als sich von einem Hochhaus zu stürzen?!« Sie ist wütend.

Ich sehe ihn vor mir, meinen Vater im freien Fall. Es schockiert mich so sehr, dass ich fast auf den Tisch kotze. Meine Mutter erzählt, wie sie die Presse davon abgehalten hat, seinen echten Namen in der Meldung zu erwähnen.

»Zum Schutz von euch und mir. Man weiß ja, wie viel gequatscht wird in unserer Siedlung, so ein elendig selbstbezogener Kosmos. Ich hasse es da!«

Die Baugenossenschaft hätte sich sogar dafür eingesetzt, den Suizid nicht in der Lokalzeitung zu erwähnen, fügt sie hinzu. Immerhin sollte es weiterhin attraktiv bleiben, dort zu leben.

»Selbstmorde steigern nicht gerade den Marktwert.«

Und trotzdem hätten die meisten natürlich gewusst, was passiert war.

Meine Mutter erzählt von diesen Vertuschungsversuchen, als ginge es um die Tat eines Kleinkriminellen.

»Mama!«, unterbreche ich sie, »Was heißt denn bitte ›abgesprochen‹?«

Meine Mutter hört endlich auf zu reden. Sie ist auf einmal ganz still, als wäre alle Energie ihrem Körper entwichen. Ihr Blick verliert sich im Fußboden. Dann richtet sie ihren Kopf wieder auf und schaut ins Leere.

»Lois. Wir waren zu wenig für ihn, um diesen einen beschissenen Schritt zu viel nicht zu gehen.«

Das Licht ist schon lange aus, und ich bin noch wach. Wieder fahre ich mit meinen Augen die Umrisse der Möbel entlang. Ich spüre, dass auch meine Mutter noch wach ist. Ich glaube, auch sie merkt, dass ich noch wach bin. Sie musste kein einziges Mal weinen vorhin im Restaurant, in keinem Moment des Erinnerns entdeckte ich eine Träne in ihren Augen. Doch hinter ihrer Fassade blitzte etwas auf, was ich nie zuvor in ihr sehen konnte: die Zartheit einer Frau, die einmal daran geglaubt hatte, mit purer Liebe die Dämonen des Lebens bändigen zu können, und irgendwann daran scheiterte.

Wortlos lege ich meine Hand auf ihre, die aus der Bettdecke guckt. Es fühlt sich vertraut an, fast als gäbe es keine Distanz mehr zwischen uns. Ich schließe die Augen und frage ins Dämmerlicht hinein: »Mama, fragst du dich manchmal, was wäre wenn?«

Es dauert kurz, bis sie gähnend sagt:

»Wozu? Das Leben geht doch eh weiter, Lois.«